間と共に古代世界への時間旅
行を実現させた
あなたをぜったいに
ちになんてさせないって」
「わたしたちで、わたし
の」
ミュール=ラ・モール
《魔騎士》の位階を有するラ・
モール公爵家の令嬢。五千年
前の古代世界で幼い自分自
身と対面を果たす
アサシンズプライド
ASSASSINS PRIDE
13
暗殺教師と廻天導地

Melida Angel collecti
Figure Skating leotard
KUNOICHI costume
Melida Angel collection
「約束するわ、
ひとりぼっ
メリダ＝アンジェル
《聖騎士》の家系に生まれなが
らマナを持たなかった少女。仲

アサシンズプライド13

暗殺教師と廻天導地

天城ケイ

ファンタジア文庫

3061

口絵・本文イラスト　ニノモトニノ

ASSASSINSPRIDE13
CONTENTS

CHARACTER

クーファ＝ヴァンピール

《白夜騎兵団》に所属する
マナ能力者。位階は《侍》。
メリダの家庭教師兼暗殺者として派遣されたが、
任務に背いてメリダを育成している

メリダ＝アンジェル

三大公爵家たる《聖騎士》の家に
生まれながらマナを持たない少女。
無能才女と蔑まれても心の折れなかった、
健気かつ芯の強い努力家

エリーゼ＝アンジェル

メリダの従姉妹で《聖騎士》の
位階を持つマナ能力者。
学年で一番の実力を誇る。
無口で無表情

ロゼッティ＝プリケット

精鋭部隊《聖都親衛隊》に
所属するエリート。
位階は《舞巫女》。
現在はエリーゼの家庭教師

ミュール＝ラ・モール

三大公爵家の一角
《魔騎士》の令嬢。
メリダ達とは同い年ながら、
大人びた神秘的な雰囲気

サラシャ＝シクザール

三大公爵家《竜騎士》の
令嬢で、ミュールとは
同じ学校に通う友人。
大人しくて気が弱い

セルジュ＝シクザール

三大公爵家の若き《竜騎士》であり、
サラシャの兄。
現在は夜界調査の
任務に就いている

ブラック＝マディア

《白夜騎兵団》に所属する、
変装のエキスパート。
位階は変幻自在の
模倣能力を持つ《道化師》

ウィリアム・ジン

ランカンスロープでありながら、
《白夜騎兵団》所属となった
グールの青年。アニマによって
包帯を自在に操り戦う

ネルヴァ＝マルティーリョ

メリダのクラスメイトで
彼女を苛めていたが、
最近は関係性が変化。
位階は《闘士》

KEYWORD

ランカンスロープ	夜の闇に呪われた生物が化物と化した姿。 様々な種族に分かれており、アニマという異能を持つ
マナ	ランカンスロープに対抗するための力。 これを持つ者はランカンスロープの脅威から人類を守る代わりに貴族の地位を有する。 能力の方向性によって様々な位階に分かれている

基本位階

フェンサー 剣士	高い防御性能と支援力を誇る、 防御特化の盾のクラス	グラディエイター 闘士	攻撃・防御共に抜きん出た 性能を持つ、突撃型クラス
サムライ 侍	敏捷性に優れ、《隠密》アビリティを 有する暗殺者クラス	ガンナー 銃士	様々な銃器にマナをこめて戦う、 遠距離戦に特化したクラス
メイデン 舞巫女	マナそのものを具現化して 戦うことに長けたクラス	ワイザード 魔術師	攻撃支援に特化し、《呪術》という デバフ系スキルを持つ後衛クラス
クレリック 神官	防御支援能力と、味方に己のマナを 分け与える《慈愛》を持つ後衛クラス	クラウン 道化師	他の7つの位階の異能を 模倣することができる、特殊なクラス

上位位階

三大騎士公爵家・アンジェル家、シクザール家、ラ・モール家のみが継承する、
特別な位階

パラディン 聖騎士	戦闘力、味方への支援、すべてにおいて高い水準を誇る万能クラス。 全位階中唯一の回復アビリティ《祝福》を宿す。アンジェル公爵家が代々受け継ぐ
ドラグーン 竜騎士	《飛翔》アビリティを持つクラス。恐るべき跳躍力と滞空能力を生かし、 慣性を余すところなく攻撃力へ転化する。シクザール家が宿す位階
ディアボロス 魔騎士	相手のマナを吸収することができる固有アビリティを持ち、正面きっての戦闘では 無類の強さを発揮する、最強の殲滅クラス。ラ・モール家が継承

HOMEROOM EARLIER

その扉をくぐるとき、作り物めいた香水の匂いにいつもくらくらしてしまうけれど。

今では、わたしはこの香りが嫌ではなかった。

大好きな姉さまから同じ匂いがするから、自然と好きになったのだ。

草花に囲まれながら、駆ける。

天井からは陽射しが降り注ぎ、梢を通して光と影の模様を地面へ広げている。

靴の底から、乾いた葉が跳ねた。

愛しい女性の姿はすぐに見つかった。わたしは左右の腕を広げて足を速める。

【姉さまっ】

この香室の真ん中に建つ、東屋だ。そこに、見惚れるような銀色の髪をしたわたしの姉さまがくつろいでいる。姉さまはちょっと驚きながらも、わたしを抱き留めてくれた。

【まあっ。どうしたの？　こんな太陽の明るい時間に】

姉さまはわざとらしく眉をひそめた。

叱っているつもりなのだろうけど、ちっとも怖くない。

【今は面会の時間じゃないわ。見つかったら大ごとよ】

わたしは、しゅんとした顔をしてみせた。

【ごめんなさい……】

すると姉さまは、慈(いつく)しみに満ちた微笑(ほほえ)みで頭を撫(な)でてくれるのである。わたしもすぐにしおらしい態度はやめて、姉さまの膝へと存分に甘えるのだ。

――けれど。今は、今日ばかりはのんびりしている暇はないのだった。

わたしはここにきた目的を思い出して、ぱっ、と顔を上げる。

【そうだわ、姉さまっ。大変なの。わたし、大変なものを見たの！】

【大変なもの？】

【誰かが来たみたいなの！　この《バルニバビル》に！】

姉さまの綺麗(きれい)な顔が強張(こわば)った。

わたしよりもよっぽど、ことの重大さを受け止めているようだった。

さりげなく周囲を窺(うかが)いつつ、声を潜める。

【……確かなの？　どうしてそう思ったの？】

【さっき、部屋の窓から見えたのよ。キラッ！　って光って、見たこともないものが木の向こうに現れたの。第三層の庭園だったかな？】

わたしは自分の体を抱いて、ぶるりと震えた。

【……怖いひとたちかもしれないわ？】

すると、姉さまは表情を緩めて笑いかけてくる。

【そうとも限らないわ？　素敵なひとたちかも】

【ほんとう？】

【ええ。……人間にだっていろんなひとがいるもの】

姉さまは、なんだか喉に棘（とげ）が刺さったみたいに押し黙ってしまった。そうした顔の姉さまを見ていると、わたしも胸が苦しくなる。

姉さまは小さくかぶりを振って、いっそう慎重に問うてきた。

【このこと、ほかの誰かに言った？　学者や、託宣人（たくせんにん）の方たちには？】

【言ってないわ】

わたしは、い～っと歯を見せる。

【教えてあげない。わたしと姉さまの秘密よ？】

そのときである。どこからともなく、威厳のある女性の声が聞こえてきたのは。

【今の話は本当か？】

わたしは、びくっと体を跳ねさせて姉さまから離れた。

わたしとしたことが、姉さまに夢中でまったくその気配に気づかなかった。この香室には先客がいたのだ。立場上、わたしがもっとも尊重すべき御人が。

柱の陰から歩み出てきたのは、床に引きずるほど長い髪をした、ひとりの女性だった。

その髪は真珠の色のような、はたまた陽の光そのもののような――白金だ。

髪ばかりでなく、表情から肌、衣裳に至るまでが輝いているかのようだった。御歳は四十を超えているはずだけれど、まるで妖精界に棲む不老の女王である。

わたしは消え入りそうになる声で、どうにか返事をした。

【は、はい、奥さま……】

そのまま、姉さまのスカートを握ってその背中へと隠れる。

しかし金色の奥さまは、まだわたしから視線を逸らしてはいなかった。

【このバルニバビルに――そのようなやり方で来訪してきた者はいない】

わたしは頭から絨毯をかぶって消えてしまいたい気持ちになる。

姉さまが、そんなわたしを抱き寄せて、代わりに奥さまへと向き合ってくれた。

【どう思われますか？　奥さま。学者の方々の……客人、なのでしょうか？】

【おそらく、違う】

わたしは、姉さまの腕の隙間からこっそりと、奥さまの様子を窺った。

彼女はどこか虚空(こくう)を見つめて、まるで目に見えない妖精を追っているかのようだった。

【バルニバビルはいつも通りの日だ。住人もいつも通りの様子だ。その客人に誰かが気づいている様子はない――しかし、気づき次第、《スティグマ》が排除に乗り出すだろう】

奥さまの透明な声は、まるで心臓を鷲摑(わしづか)みにしてくるかのようで――

わたしはぎゅっと、姉さまの背中にしがみつくのである。

奥さまはこちらへと視線を戻した。

声に、心ばかりの灯(ひ)がともる。

【助けが必要だ】

わたしは、姉さまの背中から少しだけ顔を出した。

そして思うのである。

その正体不明のお客さまと、目の前の威厳に満ち満ちた奥さま。よりおっかなくないのは、どちらなのかしら――なんて。

LESSON：I　～丸い世界の片隅～

クーファは死体を見下ろしていた。

自分が見殺しにしてしまったも同然の相手である。

今は亡きジャンヌ・クロム＝クローバー社長……。

表情は眠っているように穏やかだが、体じゅうの傷はひどいものだった。クーファはそんな彼の遺体から可能な限り血を拭ってやり、棺に納めたのだ。

手もとには、メリダたちが摘んできてくれた花がある。

それを社長の寝顔の横に添えて、棺の蓋を閉じた。

無言のまま、ボウルに張った水とタオルで手を清める。

自分が、彼にどんな別れの言葉を送ればよいのか分からない。

礼を言うべきか？

それとも、懺悔か……。

社長の眠る棺は、そのままベッドの上に横たえた。

時間跳躍機関《ロード・クロノス号》の二号車だ。

時空の渦の荒波を越えて、先頭車両から最後尾まで、外装は引っかかれたように傷ついている。しかしクローバー社長の見込んだ通り、連結された四台の車両は見事、旅行者を《終着駅》まで送り届けてくれたのである。

タイムマシンの目盛りを信じるならば、今、我々がいる場所は遥かな過去の──

そのとき、昇降口からひょっこりと、金色の髪の少女が顔を出した。

愛すべきお嬢さま、メリダ＝アンジェルである。

「先生。そちらのお仕事は……」

クーファは立ち上がる。

二号車はカーテンを閉め切っていて暗い。メリダの背を押しつつ、外へと降りた。

「つつがなく終わりました、お嬢さま。あとはほどよい場所へ埋葬するだけです」

メリダはこちらの腕に寄り添いながら、遠慮がちに見上げてくる。

「もとの時代に連れて帰ってはあげられないんですか？　ご家族に届けたりとか……」

「そうしたいのは山々なのですが」

クーファも柳眉をひそめずにはいられない。

「オレは知っているのです。未来で──オレたちが本来いた時代で、すでにクローバー社長の墓標が存在しているのを。彼の亡骸がたしかにそこに眠っているのを。つまりクローバー社長は未来へと戻らず、このまま過去の時代で埋葬されたことになる。……その事実を、歴史を、一刻(いっとき)の感情で無闇に変えるべきではありません」

メリダの、ルビーに似た瞳を見下ろした。

「時間旅行者のマナーとして」

「マナー、ですか」

「旅行者たるもの、旅先でのルールに従わなければ、ということです」

あえて軽い言い方をして、幼い少女の気持ちをほぐしてやる。

別の少女の声が、クーファたちを呼んだ。

「せんせっ。手が空きましたらこちらに！」

その神秘的な黒髪は《黒水晶》と名高い、ミュール＝ラ・モールである。

先頭車両の窓からこちらを手招いていた。窓の向こうにはサラシャ＝シクザールにエリーゼ＝アンジェル嬢の姿も見える。皆で運転席の周りに集まって……何かあったのだろうか。確かご令嬢たちには、タイムマシンの点検をお願いしていたはずだが。

メリダと並び、先頭車両へと乗り込む。

お嬢さまたちはクーファが来るのを待ちかねていた様子だ。

サラシャが遠慮がちにこちらの腕を引き、運転席のレバーを示す。

「先生に言われてタイムマシンの動かし方とかを調べていたんです。そうしたら、なんのためかよく分からないボタンがあって。……ええと、止める前に、エリーさんが」

当のエリーゼ嬢は、どことなく誇らしげに薄い胸を張る。

「とりあえず、押してみた」

クーファはたまらず額を押さえる。

「押してみちゃいましたか……」

懸命にとりなしてくるのが、サラシャである。

「そっ、それで！　そのボタンを押してみたら、興味深いことが」

「ふむ。危険がなかったのでしたら何よりです」

ならばということで、クーファも皆の見守る前で、件のボタンを押し込んでみる。

すると、だ。

なんとびっくり、《死者》の声が聞こえてきたのである。

『ピンポーン！　見事このボタンにお気づきになりましたネェ。オォ～ッホッホッホ！』

「クローバー社長？」

クーファは思わず後方を、彼の棺のある第二車両のほうを振り返ってしまったものの、もちろん彼が天国から追い返されてきたわけではない。

その声は一方的で、そして電子的だった。スピーカーから響いているのである。

つまりは、あらかじめ吹き込まれている録音だった。

クローバー社長の声は陽気に告げる。

『エーエー、もしもワタクシが肝心なことを伝える前におっ死(ち)んじまった場合のために、タイムマシンの取り扱い説明をメッセージにして残しておくことにしマス。オッホホ、アフターサービスも万全なワタクシ！』

クーファは身を乗り出した。

「こいつはありがたい」

クローバー社長の声がそのあとに続いて、まるで会話が成立しているかのようだった。

『このメッセージを聞いているそこのアナタ！　もしもアナタが、「見ず知らずの世界に取り残されてどうしたらいいのよ？　タイムマシンの使い方なんてわからナイっ」――そんなふうに困ったときは、この機関車のあちこちを探してみてくだサイ。ワタクシが懇切丁寧に、時渡(ときわた)りの作法を伝授して差し上げまショウ。オォ～ッホッホッホ！』

クーファはその笑い声を聞きながら振り返り、お嬢さまたちの顔を順繰りに見た。

「手分けして探してみましょう。きっとこのボタンのように、クローバー社長の遺言が残されているはずです」

というわけで、四人の令嬢とひとりの家庭教師で、車内をくまなく確かめるのである。

あたかもこの車両そのものが絡繰り箱のように、探そうと思えば不自然なギミックがいくつも見つかった。おそるおそる作動させてみると、社長の声が響くのである。

『ピンポーン！　こちらは動力炉の代替エネルギーに関する説明デース！　もしも「燃料タンクが空になってしまって動かせない。この場合、ワームホールに突っ込むことは可能なのか？」──そういった疑問にお答えしまショウ』

メリダが視線を向けてきたので、クーファはかぶりを振る。

「いいえ、燃料の問題ではありませんね。幸いなことに車体は頑丈で、タンクにも燃料がたっぷりと残っていました」

社長率いるレイボルト財団の科学力によって、本来は街燈の源であるネクタルを万能のエネルギーへと転化しているのである。

一時停止のボタンなどはないので、社長の声は一方的にまくし立てていた。

『また、機関部そのものの故障については別のメッセージをお探しくだサイ。「ジーザス！　エンジンが焦げついちまったよ。これ修理できるノ？」──そんなふうにお困りのアナタ。さてさてどこにメッセージが隠されているデショウか～～～⁇』

特に、そのメッセージを探す必要はないのだが。

エリーゼが簡単に探し当ててしまった。迷いなく、人差し指でボタンを押し込む。

『ピンポーン！』という声を背景に、なぜか彼女は得意げに振り返るのである。

「とりあえず、押してみる」

クーファは諦め混じりに頷いた。

「さようですか……」

別のところでは、ミュールがキッチンのポットをどかして、声を弾ませていた。

「あっ！　なんだか棚の一部が、不自然に出っ張っていますわ？」

メッセージに違いないと、彼女は意気揚々とその出っ張りを押し込んだ。

すると声が――聞こえるには、聞こえてきたのだが。

『ブッブー！』

ひどく腹立たしい、イントネーションだったのである……。

『残念でシタ～！　これは外れデ～ス！　ここにはなんのヒントもありマセ～ん。ケラケラケラケラ……！』

ミュールは憮然として、ポットを叩きつけるようにして戻した。

身振り手振りで訴えてくる。

「外れを作る意味、ある？」

とても虚しい問いだったので、皆は肩を落としてかぶりを振るしかない。

そうしたなかなかの悪戦苦闘の末に、だ。

クーファたちのもっとも求める情報は、やはり運転席の付近にあった。

クーファが、ハンドルの横にまったく無意味なレバーが突き出ていることに気づいたのである。硬く固定されていたそれは、奥側の微妙な角度でのみ、倒すことができる。

すると、がちゃこん、と何かが作動する手応えがあった。

運転席の一部が割れて、内部機構が露出し、パーツがせり上がってくるではないか。

いかにも目を引くものがあった。

何重もの歯車を組み合わせて球体にした、工芸品のような……と表現すべきか。

手のひら大のボールである。

しかし、このロード・クロノス号にとって決定的に大事な部品だということはひと目で分かった。何本もの管が繋がっており、あたかも心臓のようなのである。

同時にクローバー社長の声が——そのときだけは、やや神妙に響いた。

『アナタがいま目にしているモノ。それは《クロノスギア》デス』

クーファは手を伸ばそうとして、やはり引っ込める。

「クロノスギア……」

続くクローバー社長のメッセージは、クーファの直感をまさしく裏付けた。

『ワタクシ、時間跳躍の簡単な理論ぐらいはご説明したものと思いマス。アナタがいま過去の世界にいるとして、時空の通り道――ワームホールを開いているのは未来側の永久機関なのデス。では、ロード・クロノス号の意義とは何か？　それはワームホールという荒波を乗り越える《船》であり、その行く先を指し示す《羅針盤》が、クロノスギアというわけデス』

ということは、だ。クーファがおとがいに指を当てているあいだにも、社長の声。

『極端な話、充分な強度さえあれば、ロード・クロノス号でなくともワームホールへの突入は可能デス。ただし！　クロノスギアがないことには《船》はどこを目指したらよいのか分からず、目的の時代に行き着くことが叶いマセん。このクロノスギアだけは替えが利きマセんので、絶対になくしたり！　壊したりしないよう！　細心の注意を払ってくださイ!!　ホッホウ！』

クーファはごくりと喉を鳴らし、傍らで聞いていたご令嬢たちも、表情を硬くする。

クーファは少し迷ったのちに、レバーを逆の動きで操作して、その貴重なクロノスギアとやらを元々の場所へと格納した。

そこまで致命的なものなら自分が持ち運ぶべきかもしれない――のだが、今はまだ尚早だ。自分たちの辿り着いたこの過去の世界が、いったいどういった場所なのかまったくの未知数。友好的かもしれないし、排他的かもしれない。荒事に巻き込まれることも考えられる。クロノスギアの繊細な部品を欠片でも傷つけようものなら……――

ぞくりと背筋が震える。

自分たちの目的は時を渡ること、そのものではない。時間を越えた先で、この過去の世界で何が起こるのかを目に焼きつけつつ、然るのちに帰らなければならないのだ、もとの時代へ。クーファには、メリダたち四人を守り抜く責務がある。

そうとも。この古代の世界がクーファたちにとって安全なのかどうか。

この先の歴史、この地で何が起こるのか⁉　フランドールの権力者たちが固く口を噤んでいるその秘密を、この目で確かめなければならないのである。

時空の帰り道を開く方法は、分かった。

いよいよもって、時間旅行の目的のために、行動を始めるときだ。

クーファは、四人の令嬢たちを促して先頭車両を降りた。

そこで目を向けなければならないものがある。

クーファは静かに視線を送った……。

なんてことはない芝生の上に、スーツスカート姿の女性が腰を下ろしているのである。

まさしく先刻、ジャンヌ・クロム＝クローバー社長が息を引き取ったその場所だ。

彼女はそこから動こうとしないのだった。

シーザ＝ツェザリ秘書……かの犯罪組織の残党にして、クローバー社長が庇護していた女性。当初は、彼らの素っ頓狂な掛け合いも演技の上なのかもしれないと考えたこともあった。しかし、クローバー社長は人質に取られた彼女を身を挺して取り戻そうとし、そしてシーザ秘書のほうも、自分の身代わりに致命傷を負った社長を前にして、これまでにないほど取り乱していた。

彼らの親愛はまことのものだったのだ。

若造のクーファなどが、軽々しく慰められるはずもない。

しかし、声を掛けなければならなかった。

クーファは慎重に芝生を踏んで、彼女の背へ歩み寄る……。

「……シーザさん。オレたちは辺りの様子を確かめて参ります。すぐに戻りますが――そのあいだ、ロード・クロノス号をお任せしてよろしいでしょうか？」

意外にも返事はすぐに返ってきた。

棘の鉄球を思わせる声だったけれど。

「好きにすればいいわ」

シーザ秘書はぼんやりと腰を下ろしたまま、こちらを見もしてくれない。

かさついた唇が動くのだけが見える。

「わたくしは番犬みたいに、ここでひたすら待っているわよ。ええ、それくらいしか役目はないものね。でも都合よく働いてあげる。あなたたちのために。だって、あなたたちを無事に送り返すようにと、それが社長の、最期のお言いつけの——」

声が少し湿っぽくなって、途切れた。

シーザ秘書はやはり、こちらを見はしない。

唇が尖り、八つ当たりみたいな声がぶつけられてきた。

「さっさと行って。あなたの顔、見たくもないの」

……元犯罪組織と軍人として、立場的には敵対していたから、だろうか。

単に感情的な理由かもしれないけれど。

なあに！　クーファとて、無理に食い下がる道理もない。特に気にしていないふうを装って、軽やかにきびすを返した。

それでも、隣に並んだご令嬢たちが気遣わしげな顔で見上げてくる。

サラシャが控えめに言った。

「クーファ先生が悪いわけでは……」

　クーファは表情を保つのに苦労していたので、前を向いたまま頷き返す。

「ええ。──もちろんお嬢さまたちが悪いわけでも」

　四人とひとりは、ロード・クロノス号に背を向けて、木々の先へと向かった。

　木々、だ。あたかも森だ。

　遥かな時間を越え、ロード・クロノス号が辿り着いた先は鬱蒼と茂った樹木の根もとだったのである。太い幹が壁となり、分厚い葉が頭上を覆っている。見通しが悪く、周囲の様子を確かめるためには歩き出さねばならなかった。

　この場所がどこなのか、ある程度のヒントはある。

　クーファは時間旅行におけるいくつかの条件を思い出した。

　重要なのは《場所》と《年月》──

　クーファたち一行は今より遥か未来、ティンダーリアの遺跡と名づけた場所からワームホールへと突入し、いくらかの過去の、同じ場所へと降り立ったはずなのだ。

　その証拠に、植物に埋もれていながらも、道中には建造物の名残りがあった。瓦礫となって地面に散らばり、苔むしてはいる。だがあきらかに人間の生活の痕跡である。近くに、誰かが暮らしているかもしれない。この古代に住む、古代の人間が──

　メリダが当然の疑問を零した。

「ここって、わたしたちのいた時代から、どのくらいの時間を遡ったんでしょう？」

それに答えられるのはクーファだけである。

「ロード・クロノス号の目盛りを信じるならば、およそ五千年前――」

「ご、五千……っ」

あまりにも途方がなく、その感覚を想像さえできない。

それでも、ミュールは額を押さえていた。

「わたしってずいぶんお寝坊だったのね」

彼女はもともと、この古代世界に生きた人間のはずだった。

かつての記憶は失っているが、この時代への興味は人一倍だろう。

クーファとて、気持ちが逸ろうというもの――

森が開け、進む先が明るくなってきた。

その先で目にしたものに、誰もが声を失って、立ち尽くす。

ご令嬢たちはため息を零した。

「うわ、あ……っっっ」

明るい。

そして遠い。広い。

視界の続く限り、つまり地平線と呼ばれる彼方まで、世界を見渡すことができる。

緑の絨毯が敷かれた平原。

小高い丘陵。

蒼い空に、白い鳥の群れが規則正しく列を組んでいる。

こんなに開放的な光景は今まで見たことがない。フランドールの民にとって、世界とは闇に覆い尽くされているもの。ひとかけらの光源を懸命にかざして、一歩一歩足もとを確かめながら、勇気を奮い立たせて進んでゆく……それが当たり前だったのだ。

それがどうか。

今、クーファたちの手もとにはランタンどころかロウソクもない。

身軽で自由だ。

それでいてどこへでも行ける。

見える場所、行こうと思った場所に、怖れることなく歩み出すことができる。

これが、我々人類の、還るべき世界か……。

クーファは、いち早くはっ、と我に返り、ご令嬢たちの前に腕をかざした。

「お気をつけを。崖になっています」

前のめりになっていたお嬢さまたちは、びくっ、と足もとを見下ろした。

まさしく……！　森が途切れて、クーファたちの行く手から高い崖になっていたのである。眼下は、海……？　いや、湖か。水面が風に揺らめいているのが見える。左右を見渡しても、崖の端が見えなかった。途方もないスケールの大自然である。

いったん森を抜けたはいいものの、クーファは判断に迷って振り返る。

「この場所は陸の孤島のようですね」

背後は鬱蒼とした木々。

そこでクーファの脳裏に、はっ、と閃いたものがあった。

上を見上げる。

そこには、ジャンヌ・クロム＝クローバー社長が切望した光り輝く空——

そして、その中心に神々しい塊が浮かんでいた。

直視することも叶わないほどに、眩い。

あえて確かめるまでもないだろう。

あれが、五千年後の未来では失われてしまった《太陽》に違いない。

そして、クーファが気がついたのは別のことだった。

ご令嬢たちもめいめい、空を見上げていた。クーファは問いかける。

「お嬢さまがた。この光景、何かを思い出しませんか？」

「えっ？」

とメリダは首を傾げたものの、一方でサラシャは落ち着いた様子だった。

もうすでに思い至っていたらしく、厳かに頷く。

「わたしたちみんなで冒険した《黒の書》──あの本のなかの世界の、森と、塔と、そのてっぺんで輝く光の光景に、ここはそっくりに思えます」

クーファも小刻みに頷き返した。

「《黒の書》は遥か昔に創られたもの。つまりはこの時代の、我々の見ている、この光景をモデルに創られたのではないでしょうか。であるならば、あの世界でいう《塔》のモデルも、この近くに──」

そのとき、エリーゼが鋭く声を上げた。

「ねえっ。みんな、あれ見て！」

彼女はおしゃべりに加わらず、じっと空を見上げ続けていたのだ。

目もとに手をかざして影を作り、目を細めながら天上を睨んでいる。

クーファはたしなめようとした。

「エリーゼさま。あの太陽は眩しすぎる。あまり見続けないほうが……」

「そうじゃないのっ。太陽の、その向こう側だよ！」

向こう?
クーファ、メリダ、サラシャにミュールと、あらためて顔を上向けてみた。
言われてみれば、フランドールでは「かつての空には太陽が浮かんでいた」と教わる。
では、太陽の、さらにその先には、いったい何があるのだろうか……?
クーファも目を細め、蒼い空の、さらにその向こう側を睨んだ。
そして絶句する。
──見えた。
空気で霞(かす)むほどの遠くに、ありえないはずのものが、しかし確かにあった。
メリダの唇が震える。
「ウソ……っ」
サラシャが身震いをする。
「そんなことが……」
ミュールでさえ、受け止めかねている様子だ。
「夢じゃ、ないわよね?」
夢ではない。
それが証拠に、クーファのこぶしは痛いほど握り締められている。

認めるしかない。

言うしかない。

世界の真実を――

「あれは……フ、フランドール、だ……‼」

空の彼方にあるものは。

《天井》から吊り下げられた《シャンデリア》。クーファたちが育ち、暮らし、慣れ親しんだ照明形状の都市、そのものだったのだ。

† † †

クーファたちはすぐさま、木々の奥へと取って返した。

朽ちた石板らしきものを見つけ、それを立てかける。

それに尖った石で図を刻むのだ。黒板のごとく。

生徒は四人のご令嬢であり、教師役はもちろんクーファだった。

「つまりは、こういうことです」

がりがり、と。石板に大きな丸を刻んだ。

石の角で外周をなぞる。

「クローバー社長は生前、こうおっしゃっていました。『我々の世界は球体なのだ』と。それは正しくもあり、しかし発想が真逆だったのです」

メリダがオウム返しに呟く。

「逆……」

クーファは頷き、石の角で、今度は丸の内側をなぞった。

「我々の住む世界は、球状の《空洞》なのです。土のなかを想像してください。まんまると穴が開いています。その内側に張り付くようにして大地が広がり、空洞の中心に、太陽が浮かんでいる」

もはや梢で見えないが、クーファは手にした石で上空を示した。

「あの太陽の向こうにうっすらと見えるのは、遠ざかるにつれて湾曲し、裏返った大地なのです。あちら側からも、空を見上げればこちらが天井のように見えることでしょう」

ご令嬢たちは深く吐息を零していた。

「なんだか途方もないお話です……」

そう呟いたサラシャへと、クーファも頷く。

「我々はまさに世界の真相に近づいている。この事実を未来のフランドールへ持ち帰り、正しさを実証できれば――」

ご令嬢たちは、ごくりと息を呑む。クーファは握ったこぶしを振り上げた。

あたかも海賊船長に生まれ変わったかのように、高笑いをするのである。

「富と名声がこの手に!! ハハッ!」

「せ、先生っ⁉」

「さすがのせんせも少し動揺していらっしゃるわ……」

ご令嬢たちから気遣わしげな視線を向けられて、クーファは危うく我に返る。

いけない、いけない。歴史的快挙を前にして、気が動転してしまった……。

そうとも。クーファは海賊でも、ましてや探検家でもない。

この世界の全体像があきらかになったのは非常に興味深いが、目的は別にあるのだ。

——この空洞の世界において。

この先、何が起こるのだろうか? 一見したところ、平和な空気が満ちているように思える。戦乱が巻き起こっているような気配も、少なくとも近辺では、ない。

過酷な未来世界からやって来たクーファたちだから、そう思うのだろうか。

この古代の世界の、常識的な感性が知りたい。

住人はいないのだろうか……。

クーファは石を地面に放って、ご令嬢たちを促した。

「さらに探索を続けましょう。どうも、ひとの気配がありそうなのですが……」

一方向は崖だった。ロード・クロノス号に引き返しても仕方がない。

というわけで、より森の奥深くへと、クーファたちは足を踏み入れてゆくのである。

ひとの気配が、と感じたのは、どことなくひとの手が入ったような形跡があるからだ。

ただの緑に埋もれた遺跡、というわけではない。

ワームホールの入口と、出口は、時代を隔てた同じ場所……。

であれば、未来でクーファたちが《ティンダーリアの遺跡》と呼んでいた建造物が、この近くに聳えているはずなのである。

エリーゼがさくさくと草を踏みながら、無表情で冗談を言った。

「ねえミウ、道案内してくれない？」

ミュールはすまし顔で言い返す。

「悪いわね。実は今朝から記憶喪失なの」

今朝から、というか、永きコールドスリープから目覚めた彼女に過去の記憶はなかったわけだけれど……。

ミュールはふいに立ち止まり、腕を上げた。

「その代わり建物を見つけたわ。誰かのお家かしら？」

言われてみれば、なるほど。木々の隙間からドーム状の天井が突き出している。

しかし、家、ではないように思えた。何しろ壁に蔦が這い、天井の一部が崩れているのである。朽ちた遺跡の一角、と判断したほうがよかろう。

それでも何か手掛かりがあるかもしれない。

クーファは率先して足を向けた。

「行ってみましょう」

やはり、ひとの姿はない……。

特に警戒する必要もなかった。だが、その建物の扉をくぐったときにクーファは確信した。間違いなくこの周囲に誰かが住んでいる。ここは人間の集落の敷地内なのだ。

なぜなら、建物のなかは植物や花が咲き誇り、手入れが行き届いていたから。

ここは庭園、か……。

文化はさほど、五千年後の未来と変わりないらしい。

だが、目を疑うような《違い》も確かにあった。

メリダはぎょっ、と目を丸くして、頭上を見上げていた。

「み、見てください、先生っ。天井が……！」

エリーゼたちも遅れて、顔を上向ける。

「あれ？　天井が……」

「なくなってる……？」

蒼い空が、開放的に広がっているのである。

陽射しが燦々と、庭園の花びらに浴びせられていた。

ここは屋内だったはずでは……？

クーファは振り返り、自らがくぐってきた扉が確かに存在しているのを見る。

壁が屹立し――

そして、樹木の丈を超えたあたりで色彩が薄れ、天井に迫るにつれて存在感がなくなってゆく。そうしてクーファたちの頭の上には、遮るもののない空が広がっている――ように見えているのである。

クーファはからくりに気がついた。

「なるほど。つまり天井がなくなっているのではなく――」

ご令嬢たちの視線が集まるのを待って、続ける。

「外側が透けて見えているのです。建物の外からは普通の壁や石に見えていても、屋内からはこのように、開放的な空を拝むことができる。面白い構想ですね」

アイディアそのもの、というより。

驚くべきは、それを実現する科学力のほうだ。いったいどんな超技術でもってこの不可思議な庭園を造り上げたのか、専門外のクーファでは想像さえ及ばない。

古代世界は、なかなか侮れないかもしれないぞ――

クーファは、念のため帯びてきた腰の黒刀を触る。

古代の住人を相手にこれを振るうようなことがなければよいのだが……。

相変わらずひとの姿が見えない。

ご令嬢たちも、緊張を通り越して痺れを切らしてきたようだ。

ミュールが女王さまぶって、冗談を言った。

「はるばる未来からやって来たのよ？　お出迎えはないのかしら」

そんなことを言っていたら、本当に来た。

あいにく人間ではなかったけれど。

それでも、この古代世界で初めて目にしたまともな生き物には違いない。

蒼い小鳥だった。

甲高い鳴き声とともに、懸命に羽ばたいている。なにやら、ずいぶんと元気な様子だった。四人のご令嬢は空を見上げ、どこからともなく飛来したその蒼い影を目で追う。

小鳥は迷いなく舞い降りてきた。

そしてミュールへとまとわりつく。

「えっ？」

黒水晶と名高い髪の毛を啄まれて、彼女は素っ頓狂な声を上げた。

「ちょっ、ちょっと何？　なんなのよっ？」

たまらず頭を左右に振る彼女である。しかし蒼い小鳥はお構いがなかった。チチチ、チチと歌うように囀りながら、どうもミュールにじゃれついているようなのである。

ミュールの頭の周りをくるりと舞って、最終的に小鳥は彼女の肩へと止まった。

小刻みに首を傾げて、メリダたちや、クーファの顔を見つめている。

止まり木にされているミュールは、憤懣やるかたなしだ。

「ふてぶてしい鳥ねっ」

しかし、ずいぶんと懐っこい。

エリーゼも、小鳥と鏡合わせのように小首を傾げた。

「でも、なんだか嬉しそうだよ？」

メリダは指を差し出し、小鳥の翼を突っついた。でも逃げない。

「この子、ミウの友だち？」

「わたし、この時代にやって来たばかりなのよ？　そんなはずないわ。……そんなはず、ないわよね？」
と問いかけても、当の小鳥はチチ、と反対側に首を傾けるばかりである。
立て続けに、だ。
クーファたちのもとにやって来た気配があった。
その靴音――今度は人間である！
花々の合間を駆け抜け、前触れもなくまろび出てきたのは、ひとりの少女だった。
幼く、まだ齢十歳にも満たないだろう。
白を基調とした、神々しい装束をまとっている。
クーファも、メリダたちも面食らった。
この見知らぬ古代世界において、ゆいいつ見知った相手だったからだ。
「ミウ……!?」
メリダからそう呼ばれた幼い少女は、こちらを見つけて小首を傾げる。
髪が、しゃらりと、黒水晶の輝きで陽を撥ね返した。

LESSON：Ⅱ　～神凪の娘～

この古代世界にやって来て初めて遭遇した人間が、まさかの大当たり(ビンゴ)とは——

しかしその感動を幼少期の彼女に伝えても混乱させてしまうだけだろうと思ったので、クーファは代わりに、傍(かたわ)らのミュール＝ラ・モール嬢の手を取った。

熱っぽく握りしめる。

「嗚呼(ああ)、ミュール嬢……っ。あなたに巡り会えてよかった」

ミュールも瞳を潤ませて応える。

「まあ、せんせ。わたしもお慕いしておりますわ？」

そんなふたりの頭上を蒼い小鳥が舞い、まるでウエディングソングで祝福しているみたいに囀っている……。

メリダとしては、そんなことやっている場合かと文句をつけたい気分だった。

しかし、真っ先に声を上げたのは別の人物である。

当の、黒水晶の髪をした少女だ。まさしく幼少期のミュールであろうという声で。

「アンエディ！」

と言った。

残りの全員が目をしばたたく。

……小鳥の名前か？　それとも、聞き違いか？

どちらでもないことはすぐに分かった。黒水晶の幼子は息継ぎもなくまくし立てる。

「バル・ウィ・ベディヤ！　ヘティディエ・ムル・ウムフール！」

メリダ、エリーゼ、サラシャの三人は、最後の姉妹へと視線を集めた。

「な、なんて言ってるの？　ミウ……」

「わ、わたしに聞かれたって困るわっ？」

戸惑うミュールの傍らで、クーファも冷や汗を流していた。

なんということだ……完全に予想していなかった。

幼き黒水晶の言葉。それは決して意味のない発音の羅列ではないだろう。イントネーション、単語の区切り、感情の乗せられた舌使い。

間違いなく《言語》だ。

クーファたちの理解することができない……未知の言葉。

「参りましたね……」

額を押さえたクーファへと、ご令嬢たちの視線が集まる。

「まさかこの古代の世界では、五千年後のフランドールとは使われている言語が異なるのでしょうか。だとしたら情報を収集するどころか、現地の住人たちとのコミュニケーションさえままならない……」

「そ、そんな……っ」

メリダたちもことの重大さが呑み込めてきたようだ。

その隙に、である。黒水晶の幼き少女が行動を起こした。

懸命に手を伸ばし、蒼い小鳥を捕まえようとしたのである。しかし、相手はからかうようにするりと指をすり抜けて、舞い上がってしまう。

幼き黒水晶は眉を吊り上げた。

「ルーン・バル・ティヤエ！」

ぴょんぴょんと飛び跳ねて、何度手を伸ばしても結果は同じである。

それどころか、小鳥のほうは遊んでもらっているとでも思っているのだろうか？　ピィピィ、と澄んだ声で鳴いて、相手と付かず離れずの距離で踊り続ける。

やがて、幼き黒水晶の体力が尽きたようだ。

一方で小鳥は満足した様子である。

少女がはあはあ、と肩で息をしていると、自分から近づいてゆく。折れそうなほど華奢なな肩に止まり、嘴で髪を啄む。

　そして舞い上がった。蒼い羽根を置き土産にして翼を羽ばたかせる。

　崩れた天井の一角を通って、きままに飛び去って行くのだった……。

　幼き黒水晶は思いっきり脱力したあと、左右の腕を振り上げる。

「フル・レスディヤ・バール！」

　言葉の意味は分からなくても、察せようというものだ。

　サラシャは「ふふっ」と、お淑やかに笑った。

「ふたりは友だちなんですね」

　そこで幼き黒水晶は、ぱっ、と。あらためてこちらを振り返る。

「バル・スゥ・ディオ……？」

　まるで怯える小動物のようだったので、メリダは左右の手をかざした。

「わ、わたしたち、怖いひとじゃないわよ？　安心して？」

　と主張したところで、相手の警戒は緩まない。

　さもあらん、とクーファは思った。こちらが相手の言葉が理解できないのと同様、相手からも、こちらが何をしゃべっているのかは想像もつかないのだから……。

　幼き黒水晶は、自分を守るように胸もとを庇って、後ずさってゆく。

ここで逃げられてしまうわけにはいかない！　言葉が通じないにせよ、何かしらの手掛かりが得られないものか——そこで敢然と歩み出たのは、ミュールである。

過去の自分自身を見下ろして、腕を組む。

「ねえ、あなた。ひとりってことはないでしょう？　話の通じる大人はいないのかしら」

幼き黒水晶はますます縮こまってしまう。

「バゥイ・バル・ムゥルーン・フル……？」

そこで見かねたように、サラシャも前に出て親友を抑えた。

「ダメだよ、ミウちゃん。自分なんだから、優しくしてあげなくちゃ」

ミュールは、むずがゆそうに唇を曲げる。

「……だから、やりづらいんだけれど」

その反対側の傍らから、メリダも興味津々（きょうみしんしん）で歩み寄ってゆく。

「ちっちゃいミウ……ちびミウね！　ねえっ、頭撫（な）でても良い？」

すげなく髪をかき上げるミュールである。

「本人に聞いてみて頂戴」

そこで、自信満々にずいっ、と距離を詰めてゆくのがエリーゼだ。

「言葉が通じないときはボディランゲージで……わたしたち、トモダーチ」

と左右の手を揺らめかせるが、妖しい部族の行う呪いの儀式にしか見えない。

……気づいているのはクーファだけだろうか？

当の幼き黒水晶が、四人もの年上に囲まれてぷるぷると震えているのを。

「お嬢さまがた、それでは話を聞き出すどころでは——」

と、クーファがたしなめようとしたときだった。

幼き黒水晶本人が、反逆を起こした。

きっ、と顔を上げて、鋭く唱える。

「《バエス・ルーティエ》！」

なんと言ったのかは分からない。

しかし言葉の意味はまったく重要ではなかった。

目を瞠(みは)るべきは——突然、強い風が吹き上げたということである。メリダたち四人の足もとから。屋内で生まれるはずのない、上昇気流に似た風の悪戯(いたずら)が、四人の旅装のスカートをぶわさっ‼　と思いっきりまくり上げる。

……まったく予想だにしなかったことに、誰もが反応に遅れた。

「ほえ？」

長い金髪が風になびいて、そこでようやっとメリダは自覚しただろうか。

自分たちのスカートがあられもないことになっていること。すぐ真後ろに想い人が立っていること。彼の目に、色とりどりのショーツとヒップの形がばっちり焼きつけられてしまっていることを——遅ればせながら、気づいて。

四人は一斉に悲鳴を上げる。

「「「「きゃあああああっっっ⁉」」」」

なおも名残惜しそうに膨らむスカートを、押さえ込む。

高貴な頬を真っ赤に染めて、わなわなと背後を振り返る。

「見っ……みみみみみ……っ！」

一方でクーファは、「ほう」と唸って身を乗り出していた。

「これは興味深い」

「先生っ⁉」

「いっ、いえ、そういう意味ではなく——」

お嬢さまたち四人の羞恥に溢れる視線ときたら、クーファをたじろがせるに充分ではあったが。

彼は、あくまで紳士で、真摯なまなざしである。

「今の現象は、この少女が……？」

ご令嬢たち四人も、あらためて振り返った。
幼き黒水晶は、なおも反抗的な目つきで立ちはだかっている。
今の前触れのない突風に驚いたそぶりもない。
彼女のなんらかの呼びかけを引き金に、ありえないはずの自然現象が襲ってきた……。
サラシャは念入りにスカートの裾を引っ張りながらも、感嘆したように言う。
「まるで魔法みたいでした……」
一方で、ミュールはおかんむりである。
「こらっ！　せんせの前で……いったいなんてことするのよ！」
懲りずに詰め寄ってゆくのだ。今度は幼き黒水晶も反撃せず、身を翻して逃げる。
なんとも虚しい追いかけっこが始まりそうだ……。
これでは埒が明かないと思ったので、メリダもあとを追おうとした。
そのときである。
メリダの肩を、クーファが鋭く引き留めた。
入れ替わりに前に出て、風のごとく駆ける。目にも留まらぬ速さだ。
先生!?　と呼びかける暇もなかった。
赤い光線——

どこからともなく射し込んできたそれが、ミュールの首もとを照らした。

彼女も眩しさを感じたのだろう。きょとん、と立ち止まる。

「え？」と声を漏らすのと、その背にクーファが追いついたのが同時。

クーファがミュールを抱き寄せつつ引き倒した、直後に——

熱線がぶっ放されてきた。

まさにミュールの首があったその空間を、焼き焦がしながら飛び抜ける。代わりに樹木の幹を撃ち抜き、なんの抵抗もなく貫いて、地面を穿つ。

赤熱して、融けた。

地面がどろりと原形をなくしたかと思えば、爆発。

唐突な衝撃波に、メリダたちは顔を庇った。クーファは仰向けのミュールへと覆いかぶさって、爆風に耐える。なんという破壊力……！　今のが直撃したら、生身の人間などひとたまりもあるまい。

発射の予感から着弾までが、まさに光のごとしだった。避けるどころか視認することさえ、常人には困難。今の攻撃はなんだ？　ランカンスロープの能力とは一線を画する。

その熱線を送り込んできた正体が、続けて茂みの奥からまろび出てきた。

四つん這いで駆ける巨人——

人間ではない。人間の形を模しているだけの、人形。

材質は粘土か？　頭部には赤い一つ目が輝いており、目まぐるしく動いている。

クーファはすぐさまミュールを引き起こして、メリダたちの傍まで下がらせた。

腰の鞘を引き出す。

「こいつはいったい……⁉」

あきらかに、客人を歓迎する、などという雰囲気ではない。

人形にもかかわらず、明確な敵意が感じられた。クーファの姿を認めるや否や、四つん這いから二足歩行へとなめらかに移行する。機械とも思えない、生物的な動作――その右手から、光り輝く何かが放出された。

青白い光を放って、硬質なシルエットを形作る。

武器だった。

いったいどういった技術なのか、何も持っていなかったはずの手のひらから光が伸び、身の毛がよだつような音色とともに、鋭利な武器を生み出したのである。

人形の頭部がぐるりと一回転し、自身の足もとを見下ろした。

なんということだろうか――

そこには、無垢な少女が。逃げ遅れた幼き黒水晶がへたり込んでいるのである。

人形の一つ目が白く発光し、そこに光が集束してゆくのが分かった。

また、あのおぞましい熱線を撃ち出すつもりだ。

幼き黒水晶は唇を震わせることしかできなかった。

「……ルーン・テスヤエディ」

クーファは地を蹴る。

少女と人形とのあいだに割り込み、射撃音が轟くと同時に、抜刀。

激烈な閃光が弾けた。クーファはあらん限りのマナを黒刀に注ぎ込んで、踏み止まる。

このまま光線を受け止められる、と確信した直後に靴底が滑り、舌打ちとともに刀の軸をずらす。

熱線は右の脇腹をかすめ、威力を保ったまま飛び抜けていった。後方で爆発音。クーファはすかさず左の手で幼き黒水晶の首根っこを摑み、ひょいっと放る。

当人は目を白黒させていたが、期待通り、メリダがそんな幼子を抱き留めてくれた。

気遣わしげな呼びかけ。

「先生！」

「心配はいりません、お嬢さま」

右脇腹を触って確かめる。ジャケットとシャツが焦がされたくらいだ。

しかし違和感は消えない。

受け止められると確信した。なのになぜ、膝が崩れてしまったのだろうか……。

左右の手のひらで刀の柄を握る。

重い……？

普段よりもこの愛刀を重く感じるような。そんなはずはないのだが。

粘土人形の武器がまた、激烈に輝き、クーファは応戦せざるを得なかった。

人形の、大人の背丈ほども長い腕が存分に振り上げられて、叩きつけられる。

クーファは黒刀を水平に構え、斬閃へ割り込ませた。

轟音。

またクーファの膝が崩れた。全身の関節が軋む。

「ぐっ……!?」

敵は確かに強力だった。

しかし、熟練のマナ能力者たる自分が後れを取るほどの相手ではない。

クーファはそのときになってようやく気づいた。重いのは刀だけではない。指先の反応が鈍く、膝には楔が打ち込まれたかのようだ。マナが満足に四肢へと巡ってゆかない。

こんな事態は経験したことがなかった。いったいどうしたというんだ!?

粘土人形は怪力でもって、無理矢理に武器を押し込んできた。

このままでは潰されると判断し、クーファは自ら膝を落とすと、そのまま地面を転がる。

すぐ傍らに青白い切っ先が突き立てられた。

その刀身に触れた端から地面が蒸発する。

マナで護られていなければ、人間など真っ二つだろう。クーファはすぐさま受け身を取り、ジャケットを土で汚しながら間合いを離した。

黒刀を威嚇するように突きつける。

その切っ先は落ち着きなく揺らいでいた……。

ことここに至り、メリダたちも確信したようだった。

「クーファ先生っ、どこかお怪我を……!?」

「いいえ、手出しは無用です」

クーファは鋭い流し目でご令嬢たちを抑えた。

彼女らには武器がない。この正体不明の殺戮人形と生身で戦わせるのは危険だ。クーファは左手で鞘を引き出し、黒刀を一度、なめらかに納めた。

凜、と鯉口が鳴る。

片膝立ち――

「極致、抜刀……‼」

蒼炎が噴き上がった。

マナを余すところなく、左腰の鞘へ。

わずかに刀身を引き出せば、地獄の釜が覗いたかのごとく圧力が放たれる。

粘土人形は脅威を察知したようだ。地面を抉りながら蹴り出す。

幸いだった。

実のところ、クーファの体は相手と間合いを詰めることさえ億劫だったのだ。

敵からわざわざ間合いに踏み込んできてくれるとは――！

人形はまた、鞭のように腕をしならせて青白い武器を振り上げる。

しかし、マナで拡張されたこちらの間合いのほうが広い。

敵の斬撃が襲って来るよりも、こちらの第一撃が放たれるほうが、速い！

黒刀が咆哮を上げた。

「《戦嵐輝夜》‼」

居合い切りが人形の右脇腹を打ち据えた。

振り抜いてさらに切り返す。そこからさらに切り返してなお、抜刀した勢いは削がれない。この技を受けた者は、一撃目を喰らった段階で四十を超す致命傷を浴びることが確定する。七撃目にしてようやく人形の右腕が振り下ろされてきて、八撃目を振り上げるついでに斬り飛ばす。

なかばから寸断された人形の腕が、武器を握り締めたまま高く飛んだ。

それが地面に落ちる前に決着をつける。クーファは敵の無防備な胴体へいっそう剣撃を叩き込むが、やはり自分の体が先に悲鳴を上げた。なぜだ⁉　刀の軌道が甘くなり、刀身が人形の胸部に弾かれる。その速度はもはや見る影もない。

超速の侍が聞いて呆れる！

クーファは型の動きを無理やりに中断し、人形の頭部へ渾身の一撃を突き込んだ。

マナを収斂させた切っ先は、頭部を貫く。

粘土人形はすでに、全身を滅多切りにされて満身創痍だった。クーファが黒刀を引き抜けば、操り糸が切れたかのごとく、仰向けに倒れ込む。

相当な重量があるようだ。地面が揺れて、土煙が膨れる。

クーファは二歩、三歩と後ずさって、刀を地面に刺しつつ膝を落とした。

なんという不恰好な勝利……！

ご令嬢たち四人も声を失っていた。

件の、幼き黒水晶は目をまん丸くして――何を思っているのだろうか。

真っ先に我に返ったのはメリダである。

「せ、先生っ、大丈夫ですかっ？」

彼女がこちらへ駆け寄ってこようとした、そのときである。

赤い光線――

それも一本や二本ではない。四方八方から差し込んできた照準光が、クーファと四人の令嬢の頭から足もとまでを射貫（いぬ）いた。メリダはぎくっ、と足を止める。

なんという悪夢……周囲の茂みから次々と這（は）い出してきたのは、クーファが悪戦苦闘しながらどうにか破壊した一体と、まったく同じフォルムの粘土人形ではないか。

違いがあるとしたら、武器だ。細長い剣のような形をしていたり、先端に重量のある槍（やり）であったり、はたまた斧（おの）のように肉厚な形状をしていたり、だ。

全部で八体。

クーファたちが反逆のそぶりを見せれば、すぐさまその一つ目から一斉射撃が放たれるだろう――幼き黒水晶は、サラシャに抱きしめられながら震え上がっていた。

救いがあるとすれば。

現れたのは粘土人形だけではなかった、ということである。

遅れて、ひとりの若い男性が茂みから駆け出してきた。二十代の半ばほど。金色の髪。

やはり白を基調とした神々しい装束をまとっている。

少年めいたまなざしだった。無残な姿をさらしている粘土人形を見つけて、荒っぽく髪をかき混ぜる。

「驚いたな……っ。スティグマに襲われていたのはきみたちかい？」

それは間違いなく、五千年後のフランドールでの公用語だった。

クーファはひそかに胸を撫で下ろしつつ、黒刀をゆったりと鞘へと戻した。

そして鞘を離し、左右の手を肩の高さまで上げる。

「ええ。急に攻撃されたので、やむなく撃退しました。こちらに争う意図はありません」

しかし、金髪の若者は別のことが気になって仕方がないようだ。

目を爛々と輝かせてこちらを見ている。

「その剣でやっつけたのかい？　おったまげた！　この世にスティグマを倒せる人間がいるだなんて。どこから来たんだ？　珍しい服だな。その武器も！　何もかもが珍しい！」

スティグマ、というのはこの粘土人形たちのことだろう。

今なお、クーファたちの額に照準光を当てている……。

金髪の彼は彼で、興奮しきりで会話にならなさそうだった。

しかし幸いと言ってよいのかどうか、続々と新たな人影が現れ、クーファたちを取り囲んできた。白い装束はやはり、この古代世界での一般的な服装なのだろう。

そのうちのひとり、脂っこい黒髪をした男性が不機嫌そうに唇を震わせる。

「……エドガー。訊ねるべきことが違うのではないかね？」

ごもっともである。

金髪の若者の名はエドガーというらしい。さらに別方向からも声が上がる。

今度は女性だ。瑞々しい蜜柑のようなオレンジ色の髪。

しかし彼女は彼女で声を弾ませていた。

「そうとも、まず聞くべきは——年齢よ。それと身長、体重、視力に聴力。こいつはまさしく、アタシの専門分野だもの。とりあえず採血をさせて頂戴。良いでしょ？」

……よくはない。

しかしクーファたちが何も言わずとも、黒髪の男性が苦々しそうにたしなめてくれた。

「……それも違う。我々が知りたいのは、だ」

そこで、高圧的な声が割って入った。

よく通る男性の声だ。

「貴様らが何者で、どこから！　どうやって！　何を目的にこのバルニバビルへ侵入したのかということだ‼」

白装束のうちのひとりである。銀糸のような髪の毛の、二十代の若者だ。

美しい顔立ちをしているが、クーファを睨むその表情は嫌悪に歪んでいた。

「スティグマは侵入者を排除しようとしただけに過ぎんだろう。どうだ？　答えてみよ、侵入者。この賢人が『何者か』と問うているのだ」

クーファは返答に迷う。正直に『未来から来た』などと言って信用されるはずがない。

極力、古代人たちとは友好的な関係を築きたいところなのだが……。

そのとき、金髪のエドガー氏がやんわりとあいだに入ってきてくれた。

「まあ、まあ、オズワルド。そう怒鳴ることはないだろう」

クーファはともかく、連れの四人はいたいけな少女たちである。

……実際は一騎当千のマナ能力者なのだが、エドガー氏はそれを知る由もない。

小犬のように笑った。

「僕には彼らが賊には見えないよ」

金髪と銀髪の同じ年頃の彼らは、友人同士なのだろうか？

オズワルドと呼ばれた銀髪の彼は、呆れたように鼻を鳴らした。

「……ではお前が素性をあきらかにしてみせろ」

エドガー氏は、望むところとばかりにクーファへ向き直ってきた。

「えーと、そうだな。きみたち、どこから来たって言ったっけ？」

「……フランドールから」

と、クーファはそう答えるしかない。

途端、オズワルド氏がせせら笑った。

「フランドールぅ？　あの僻地の書庫のことか。あそこの連中はただの記録係だろう」

エドガー氏は友人とクーファのあいだで忙しなく視線を往復させて、仲を取り持つ。

「フランドールか。たしか彼らは神代の予言書を発掘していたはずだけれど……何か収穫があったということかい？　その報告に来た？」

クーファが答えかねていると、エドガー氏は問いを重ねてきた。

「きみたちは、いったい何をしにここへ？」

「……学びに」

クーファは、最低限の言葉で言い募る。

「あなたがたのことを、学びにきました」

それを聞いて、オズワルド氏が吹き出さないはずがない。

「学びに、か」

白装束の仲間たちを眺め渡し、彼らにも嘲笑を促す。

「フランドールの本の虫が、偉くなったものよのう！」

つられて笑う者もいたが、エドガー氏は茶化さなかった。

身振り手振りで白装束たちを抑えてから、あらためてクーファのほうを向く。

「それじゃ、もうひとつ大事な質問だ。──いったいどうやって来たんだい？」

この質問にだけは、クーファはなめらかに答えることができる。

「車です」

「車？」

五千年前にも《車》は存在していたらしい。

しかし、これまた予想外の理由で、オズワルド氏は腕を組んでみせた。

「妙な話よ。バルニバビルは塩湖に閉ざされた孤島。車が乗り入れられるはずはない」

クーファは彼を見つめ返し、即座に言い返してやった。

「我々には可能なのです。──あなたがたの知らない技術によって」

オズワルド氏の美貌が、見るも醜悪に歪んだ。

空気が張り詰めて、さすがのエドガー氏も口が挟めなくなった様子だ。

しかしそこで、空気を読まない手拍子の音が割って入ってくる。

先の、オレンジ色の髪の女性だ。

「そろそろいい？　アタシも気になって仕方がないことがあるのよ」

ぴっ、と人差し指を向けて、無遠慮にこちらを指差してくる。

こちら、というか、具体的には四人のご令嬢たちのほうをだ。

より厳密に言うならば——

ミュール＝ラ・モール嬢の、顔を。

「そこの彼女は、ティンダーリアの民じゃない？」

ティンダーリアの民——

またしてもクーファたちを混乱させる単語が飛び出してきた。何も答えようがない一行へと、白装束たちは視線を集めてくる。オレンジ色の髪の女性は小刻みに人差し指を振った。ミュールの顔と、その隣のサラシャの腕のなかを、交互に示す。

サラシャはなお、幼き黒水晶の少女を庇うように抱き寄せていた。

エドガー氏は今さらながらに目を丸くする。

「本当だ！　きみたち、そっくりじゃないか！」

同一人物なのだから、当たり前なのだけれど……。

この古代の世界において、幼い頃のミュールは《ティンダーリアの民》と呼ばれる立場だったらしい。

エドガー氏は興奮気味にまくし立ててくる。

「他にも生き残りがいたんだ！　きみもティンダーリアなんだ！　そうだね？」

そこで潔く開き直るのが、ミュール嬢である。

「ええ、そうよ」

クーファはひそかに頭痛を覚えてきた……。

ところが、だ。なぜかエドガー氏や、居並んだ白装束たちがぎょっ、と目を剝いた。

エドガー氏は髪をかきむしる。

「……またおったまげた。きみは僕たちの言葉が話せるんだ」

言われてみれば、幼き黒水晶のほうは未知の言語しか口にしていない。

どうやらそれが、ティンダーリアの民がティンダーリアの民たるゆえんらしい。

オズワルド氏も目を瞠っていたものの、すぐ、高圧的に腕を組み直す。

「ますます不可解な輩よ。おい、ティンダーリア。貴様は何者なのだ」

プライドの高さで言えばミュールだって負けてはいない。

彼女はやけっぱちのように歩み出し、クーファの片腕を抱いた。

堂々と言い放つ。

「彼のお嫁さんよ」

空気が固まった。

白装束たちの奇異の視線が突き刺さる……。

ミュールは控えめに付け足した。

「……未来のお嫁さん」

エドガー氏は仲間たちと顔を突き合わせて、議論を始めた。

「つまり、ティンダーリアの民がフランドールへと嫁に出したということかな？」

オズワルド氏は鼻を鳴らす。

「そのような話、俺は把握しておらぬ」

オレンジ色の髪の女性が、そっけなく告げた。

「なら、アタシらが《保護》するより以前ということじゃない？」

そこでオズワルド氏は口を噤み、誰も意見をすることができなくなってしまう。

曖昧で、居心地の悪い沈黙が満ちた……。

そのときである。

まるで天啓のように、澄んだ声がどこからともなく聞こえてきた。

「スゥイ・スゥ・ワスティ」

白装束たちが一斉に振り返る。

クーファも顔を上げ、そしてあまりの眩さに目を細める。

さらにひとりの女性が現れていた。地面に引きずるほどに長い、白金の髪。日頃から美人に囲まれているクーファであっても、思わず息を呑んでしまうほどの存在感だ。

年齢は四十過ぎだと思われ、万人を魅了する美しさを誇っている。

白装束のうちの誰かが、畏れるように言った。

「金色の奥方……」

どうやら名前ではなく、《色》で呼ばれているらしい。

それもまた、ティンダーリアの民の特徴なのだろうか。

その金色の奥方もまた、歌うように口ずさむのは、聞き慣れない言語だった。

「フル・フゥディヤ・ミグルーン・プティディエプゥワ」

ミュールのほうへと、すべてを見透かすようなまなざしを向ける。

当の彼女ばかりか、メリダたち三人の親友、そして幼き黒水晶も緊張で表情が強張る。

「ヨオディルヤ・ウムフール」

白装束のうちの誰もが呆けていたが、オズワルド氏は違った。

金色の奥方を直視することもせず、苛立たしそうに告げる。

「……なんと言っておるのだ？　おい、託宣人！」

奥方のそばには、分厚い本を携えた女性が付き従っていた。頭巾と薄いヴェールで目もとを覆っている。付き人であるらしい。

落ち着き払っている奥方に代わって、付き人の彼女は慌ただしく本を開いた。

「えー、ええと……その通り！　彼はその通りだ、と」

ページを行ったり来たりして、奥方の言葉の意味を、読み解いているらしい。

「前に、以前、えー、送った。ひとつの黒い宝玉を。友情によって」

付き人は本を閉じ、声高に言い放った。

「友情のために！」

メリダたちご令嬢は、ひそかに顔を見合わせていた。

つまり、金色の奥方は嘘の証言をして、裏付けたのである。白装束たちの勘違いを。ミユールはティンダーリアの民とフランドールとの架け橋であり、よってクーファたちは潔白である――ということを。

なぜ味方をしてくれるのだろうか？　しかし彼女を頼りにするしかない。

オズワルド氏はつまらなそうに鼻を鳴らしていた。

「……ここにいる賢人だけで決を採る。このフランドールの民たちを客人として受け入れるべきだと思う者は？」

真っ先に手を上げてくれたのは、純真なエドガー氏だ。

続いて、マイペースなオレンジ色の髪の女性。

さらに、脂っこい黒髪の男性――

三人だけだった。

この場には十名を超す白装束の者たちが居合わせていたが、手を上げてくれたのは三人だけ……さしものクーファも背中に冷や汗を流す。

ところが、である。そこで苦々しい顔になったのはオズワルド氏だった。

「では、この者たちを罪人として投獄すべきだと思う者」

言って、自らが手を上げる。

そして、もうひとり別の白装束が手を上げた。

他の者たちは成り行きを見守っているだけ……。

どうやらこの場で決定権を持つのは彼ら五人のみらしい。クーファは内心で深く、深く安堵(あんど)していた。決して、オズワルド氏の呟(つぶや)きに厭味(いやみ)を返したりしてはいけない。

「この場にイングゥアたちが居れば――」

エドガー氏が、朗らかに手を叩(たた)いて空気を和ませようとした。

「それじゃ、話はまとまったかな？」

クーファたちを客人として迎えることが決まったからには、主導権を握るのは彼だ。

エドガー氏は人懐っこい笑みで握手を求めてくる。

「僕は十賢人がひとり、エドガーさ。バルニバビルへようこそ」

クーファは背中が汗ばんでいるのを意識しながら、彼の手を握る。

「クーファと申します」

「さっそくなんだけれど――」

エドガー氏は、その端整な顔を感情豊かに動かした。

「きみたちが乗ってきた車とやらを見せてもらってもいいかい？　バルニバビルは外界からの立ち入りを厳しく制限していてね。もし僕たちの知らない技術でやってくる方法があるのなら、それは把握しておかなけりゃいけないんだ」

クーファは彼の手を離して、庭園の一方へと腕を広げた。

「こちらです」


というわけで、クーファたち一行はエドガー氏や、いまだ疑わしそうなまなざしを向けてくるオズワルド氏。それにスティグマなる兵器人形を引き連れながら森の道を引き返すことになったのだが……公爵家のご令嬢たちはさすがに不安そうな表情である。

傍ら(かたわ)を歩くメリダが、こちらへぴったりと寄り添いながら内緒話を持ち掛けてくる。

「先生。ロード・クロノス号を見せるおつもりなんですか？」

「どのみち、しばらくここへ滞在しなければならない以上、隠してはおけません」

この地、バルニバビルとやらはエドガー氏らの所有地であり、どうも聖域じみた環境であるらしい。四両編成の鉄の箱が見つけ出されるのも時間の問題だろう。

メリダはこっそりと後方を窺(うかが)ってから、いっそう強くクーファの腕を抱く。

「……彼らに納得してもらえるでしょうか？」

「オレは事実を言っていますから」

クーファには自信があった。

「以前、クローバー社長がおっしゃっていたことを覚えておいでですか？　ロード・クロノス号は時空間――《時間》と《空間》の跳躍装置なのです。オレたちは安全を考えてワームホールの入口と出口を時を隔てた同じ地点に設定しましたが、もちろん、遠く離れた場所を出口にすることも不可能ではない」

こちらからもメリダの腕を引き寄せて、声に力を込める。

「ロード・クロノス号には間違いなく、彼らにとって未知の技術が使われています。きっとそれでご納得いただけることでしょう」

エリーゼ、ミュール、サラシャの三人は緊張の面持ちで、口数も少なかった。

サラシャの傍らには、五千年前のミュールたる幼き黒水晶が抱きついている。

戻るタイミングをすっかり失ってしまったのだろうか……。

謎めいたティンダーリアの民。その一員たる、金色の奥方と呼ばれていた女性も集団の後方についてきていた。彼女のひと声によって状況が好転したのは間違いない。意思疎通すらままならないが、あとで礼を伝える機会が訪れるだろうか。

森が開けてきた。

エドガーら白装束たちは、あっ、と息を呑んだ。

さもあらん。開けた原っぱで、地面が痛ましく焼け焦げていたのである。

ロード・クロノス号がワームホールから脱出した余波で、こうなったのだ……。

その惨状の中心に車があった。

ぽつん、と。

一台だけ取り残されている――

クーファは全身から血の気が失せるのを感じた。オズワルド氏が鼻を鳴らしている。

「あれか？　飾りっ気のない。とてもバルニバビルを出し抜くような技術が搭載されているとは思えんな」

メリダたち四人のご令嬢も、彼の声が聞こえていなかった。

出発地点に戻ってみれば、残されていたのは車が一台だけ——

そんなはずはない‼　ロード・クロノス号は四両編成だった。連結された四台の車でクーファたちは古代世界へとやって来たのだ。残りの三台はどこへ消えた？

クーファは我知らず駆け出していた。

「シーザさん！」

分かり切っていたことだが、返事があるはずはない。

シーザ＝ツェザリ秘書もまた、この場から忽然といなくなっていた。ゆいいつ残されていたのは、先頭の機関車だ。クーファは転びそうになりながら車内へ駆け込み、壮絶に嫌な予感で背筋を凍えさせながら、運転席を確かめる。

……神よ！　これはなんたる試練か。

運転席の一部が割れていた。内部の機構が露出している。そこからは幾本かの管が垂れ下がっていた。あたかも、心臓を引き抜かれた血管のように。

クローバー社長の厳かな遺言が脳裏によみがえる。

『このクロノスギアだけは替えが利きマセんので、絶対になくしたり！　壊したりしないよう……』

彼になんと詫(わ)びればよいのだろうか。

なくなっていたのは三台の車両だけではなかった。

時間渡航の要！　クロノスギアまでもが持ち去られている……！

クーファは全身の歯車が錆(さ)びついたかのようにその場から動けなくなってしまった。

背後で足音がする。

エドガー氏が続いて車へ乗り込んできたのだ。

「やあ、ずいぶん珍しい造りだなあ。これもフランドールで設計されたものなのかい？」

……どう答えるべきなのだろうか。

そもそも、答えることに意味はあるのだろうか。

エドガー氏のほうも、さすがにクーファの様子がおかしいことに気づいているようだ。

「……何かあったのかい？」

クーファがどうにか、唇を動かそうとしたときだ。

車外でこれみよがしな哄笑(こうしょう)が響いた。得意満面なオズワルド氏だ。

「見たまえ諸君。彼はいま懸命に、『何か予想外のことが起きた』と演出しているのだ！」

クーファも、メリダたちにも反論するすべがない。

オズワルド氏は高圧的に腕を組み、窓越しに言い放った。

「では、きみ。何かひとつで良い。その車で我々が驚くような技術を披露してみせよ」

無理だ。時間跳躍の機能が失われていたら、ロード・クロノス号はただ燃料を燃やして前進するだけの車だ。それ自体は、この時代でも珍しくはないのだろう。

打つ手がなかった。クーファは当てもなく操縦桿を触り、そして離す。

エドガー氏も掛ける言葉が見つからない様子だ。

では、件の――影響力のありそうな金色の奥方は？

……当てにしてどうする。彼女も口を噤み、静かに成り行きを見守っているのみだ。

オズワルド氏は腕を解いた。

「もうよい」

つまらなそうに言って、顎をしゃくる。

「スティグマよ、この車を押収せよ。客人もお疲れだろう？　のんびりおくつろぎいただこうじゃないか」

吐き捨てるように。

「牢屋でな」

クーファはそのとき、珍しくひとを呪った。

シーザ秘書を。そして、自分自身の迂闊さを。

スティグマ

分類:神代の兵器

HP	1500	MP	ー		
攻撃力	300	防御力	300	敏捷力	250
攻撃支援	ー	防御支援	ー		
思念圧力	??%				

※この時代には測定方法がないため、ステータスはクーファの目測である。

CLASSICS.01　五千年前のフランドール

五千年前の照明形状都市《フランドール》は、巨大書庫ビブリアゴートを中心とした地であったようだ。おびただしい蔵書を求めて名だたる知識人が住み着いていたものの、そこは別名で《隠遁者の書架》などとも呼ばれており、住人は外界の出来事にまったく関心を示さなかったのだという。

そんなビブリアゴートには、知識人たちが外界から持ち込んだ宝物が乱雑に転がされており、その価値を知った来訪者を驚かせることもしばしばだった。しかし当の住人たちに言わせれば、真に尊いものは実物ではなく、知識だ——とのことである。

LESSON：Ⅲ　～終焉の陽が沈むまで～

エドガー氏らの言う《バルニバビル》とは、ひとつの塔と、そのすそ野に広がる街、それらの土台になっている孤島の総称であるようだ。

塔とは言わずもがな、クーファたちがティンダーリアの遺跡と名付けた建造物である。五千年後の未来ではすでに原形をなくしていた。この古代ではまだひとが住み着いている様子だが、それでも細部は朽ち果てている。どうやらその歴史は五千年どころではなく、遥か──遥か太古の時代に造り上げられたものらしい。

塔にはエドガー氏ら、白装束の者たちが詰めて何かに取り組んでいる様子。

であるならば、その眼下の街は、白装束たちの暮らしのために営まれているのだろう。

……なんのために？

クーファには知りたいこと、知らなければならないことが山ほどあった。

しかし今は、まず己の身の回りのことをどうにかしなければ。

そこは、すなわちクーファたちが閉じ込められているのは、塔の中腹の矢間だった。壁に細長い溝が開いており、兵士が弓を突き出して眼下の敵を射貫くための場所である。オズワルド氏は「牢屋」と言ったが、そもそもそのような設備は、このバルニバビルなる塔には存在していないのかもしれない。

壁は、クーファたちがその気になればたやすくぶち破れるだろう。

しかし今、それをしてなんになるというのか……。

同じ部屋には、メリダに、エリーゼ、サラシャ、そしてミュールが、クーファと一緒に入れられていた。あまり長々とこの矢間に閉じ込めておくつもりもないのだろう。

きっと今頃、塔の権力者たちがクーファらの処遇を話し合っているに違いない。

こちらから荒事を起こすとしたら、その結論を待ってからだ。

部屋に鍵がかけられているだけで、会話も行動も自由である。

サラシャが不安を述べた。

「つまりわたしたち、この時代に置き去りにされてしまった……ってことでしょうか？」

クーファは腕を組み、きっぱりと首を左右に振る。

「そうではないと思います。シーザさんも、クロノスギアも、まだこの時代のどこかに存在している――」

ご令嬢たちのすがるような視線が集まってくる。クーファは人差し指を立てた。

「もしオレたちを置き去りにするつもりであれば、わざわざ機関車からクロノスギアを取り外す必要がない。そのままタイムマシンを起動してワームホールへ戻るだけでよいはずです。しかしシーザさんはそうせず、クロノスギアを持ち去って身を隠した」

確信を持って、何度も頷いた。

「彼女はこの古代の世界で、何か目的があるのでしょう」

メリダは目を伏せて、その言葉を噛み締めた。

「目的……」

麗しの主人が何を思っているのか、クーファには分かる。

だからあえて、彼は語気を強めるのだ。

「そしてオレたちは、なんとしてもそれを止めねばなりません」

またしてもご令嬢たちが、今度はやや驚いたように視線を集めてきた。

「我々未来の人間が歴史に手を加えることは、絶対に避けるべきなのです」

クーファは厳とした態度で、ひとりひとりへ頷き返す。

メリダは目をしばたたいた。

「前におっしゃっていた、時間旅行者のマナー、だからですか？」

「ええ。より具体的に申しますと――」

ことここに至って、柔らかい言葉を選んではいられないだろう。

クーファは淡々と、そして直截的に告げた。

「歴史的矛盾を防ぐためです」

ご令嬢たちは顔を見合わせた。

聞き覚えがなくて当然だろう。クーファとて、夜界での道中、クローバー社長からの講釈で覚えた概念なのだ。

クーファは家庭教師然として、背筋を伸ばす。

「オレたちはクローバー社長の棺を未来へ持ち帰ることさえするべきではない。未来の事実どおりこの時代で埋葬しなければなりません。なぜならそれをしないことで、出会うべきひとたちが出会わなくなるかもしれないから。本来は起こらなかったことが、起こってしまうということがあり得るから……」

ご令嬢たちはピンと来ていない様子だ。クーファはさらに噛み砕いて伝える。

「もしこの時代にクローバー社長の墓が建たなければ、その場所には別の誰かが眠り、その方のお墓ができることでしょう。すると近しいひとがお参りにやってきます。もしかしたらその道中で、異性と運命の出会いがあるかもしれない。はたまた馬車に轢かれて事故に遭ってしまうかもしれない……」

想像するのも憂鬱になってきて、クーファはかぶりを振る。

「そうした《本来あり得なかった変化》を五千年も積み重ねれば、未来のフランドールでは、生まれるべきだったひとが、生まれなくなるかもしれない」

ご令嬢たちの顔を、ぐるりと見渡す。

「それが我々かもしれないのです」

「あ……」

「なお、悪いことに」

講釈はまだ続く。

たとえクーファ自身が億劫（おっくう）になろうともだ。

「もし我々の存在が歴史から消えた場合、さらに厄介なことになります。我々がいなければ、こうして五千年前の過去へ渡ってくる者もいない。そうすると歴史を変える者もいなくなる。歴史が変わらないのだから、我々は歴史どおりに生まれる。未来で危機に陥った我々は時間旅行を計画し、そうして過去へと飛んだ先で歴史を変えて……」

しゃべっているクーファでさえ目が回りそうなのだ。

メリダやサラシャなどは頭を抱えていた。

「な、なんだかこんがらがってきました～……⁇」

「然（しか）り。そして、こんがらがってしまうのはこの世界も同様なのです」

クーファはまぶたを閉じ、クローバー社長とのやり取りを思い返した。

「決して出口のない矛盾(パラドックス)を抱えたこの世界がどうなってしまうのか……それはあまりに壮大過ぎて、クローバー社長も理解の範疇(はんちゅう)を越えているようでした。ただ彼が言うには、最悪の場合、この世界から《時間》という概念そのものが消えるのでは、と」

それに恐怖することさえ、ご令嬢たちは理解が追いつかない様子である。

……願わくは、単なる空想でありますようと祈りながら、クーファは続ける。

「昨日も、明日も、過去も未来も。今現在という概念すらこの世から消える。それがどういった世界なのか、オレにはまったく想像することができません」

ご令嬢たちは重々しく口を閉ざした。

……クーファ自身、やや深刻になり過ぎていたかもしれない。

だから、エリーゼがいつものマイペースさで口を開いてくれたのが、救いだった。

「つまり」

と言った彼女へ、親友たちの視線が集まる。

エリーゼは人差し指をタクトみたいに振った。

「とにかくシーザさんをとっ捕まえればいい——ってこと、でしょ?」

クーファは思わず唇を緩めた。

とどのつまりは、そういうことだ。

彼女の持ち去ったクロノスギアがない限りは、クーファたちも元の時代へ帰ることさえままならない――

続けてミュールが、本気なのか冗談なのか、左右の手のひらを合わせて言った。

「まあ、元の時代に戻れなくなっても、それはそれでよくなくって？　みんなでどこへなりと旅をして、気に入ったところに住んで、幸せな家庭を築けば良いだけだわ」

つられて笑うべきなのか、それともたしなめるべきなのか、非常に判断に困るクーファである……。

ドアがノックされた。

鍵が外され、ドアを開けたのは白装束の女性だった。

その顔は覚えている。先ほどの邂逅にも居合わせていた、オレンジ色の髪の彼女だ。エドガー氏と一緒に、クーファたちを信用する側に挙手をしてくれたひとりである。

相変わらずカラッとした態度で。

「お待たせ。会議の結論が出たわよ」

大きくドアを開けつつ、続けて言った。

「あなたたちのことは、《保留》ということになったわ」

「保留、ですか？」

「押収した車を調べたら、確かにバルニバビルでは未知の技術が使われていることが分かってね。風向きが変わったの。極めつきは、タンクに入っていた燃料よ」

女性は眉をひそめる。

「あんな反応を起こす液体は見たことがないわ。あれ、何？」

クーファは、なんのことはない、というふうに答えた。

「ネクタルです」

「ねくたる？　ふぅむ……」

この古代には存在しない物質である。理解できなくて当然だろう。

女性はかぶりを振って、話を戻す。

「フランドールにも確認を取ってみたんだけれど……彼らときたら、外界のことどころか仲間内にさえとんと無関心でね。あなたたちのことを『何か知っているか』と、住人ひとりひとりに聞いて回らなきゃならないんですって。どれだけ時間が掛かるんだか知らないけど――だからその報告が上がってくるまでは、あなたたちのことはいったん保留」

「保留、ですか？」

クーファはひそかに胸を撫で下ろしかけた。

しかしそこで、オレンジ色の髪の女性は「ただし！」と手のひらを掲げる。

「条件があるわ。アタシの監督下で、アタシの研究に協力すること！　どう？」

是非もない。クーファは意識して笑いながら、右手を差し出した。

「お世話になります。ええと……」

女性は気軽に手を取ってきて、軽く上下に振る。

「十賢人（じゅっけんじん）がひとり、ハロルドよ。まあ、よろしく」

そこで彼女は――ハロルド女史は、思い出したように背後を振り返った。

「ああっ、それと……これは会議での決定ってわけじゃないんだけれど」

クーファや、メリダたちご令嬢は開け放しの扉へと目を向けた。

靴音が聞こえる。

さらにひとり――否（いや）、ぜんぶで三人だ、白装束が矢間を訪ねてきた。

ひとりと錯覚したのは、先頭の女性の存在感があまりに大きかったからである。床に引きずるほどに長い白金色の髪をした、妙齢の美貌の持ち主。忘れようとも忘れられまい。

彼女も先ほど、クーファたちの口添えをしてくれたひとりである。

……なんの用件だろうか？　傍（かたわ）らには分厚い本を携えた女性が付き従っている。

ハロルド女史が代わりに言った。

「彼女はティンダーリアの巫女のひとりで、金色の奥さまって呼ばれてるわ。あなたたちの滞在にあたって、奥さまから希望があるようなの」

クーファたちが視線を集めると、金色の奥さまとやらは歌うように口ずさんだ。

気づいた——ミュールを見ている。

「ルーン・バル・ワンズトゥ。フル・サウディヤ・バル」

見つめられているミュールは目を白黒させるばかりだ。

金色の奥さまはまるで動じず、引き連れていたひとりを、背中を押して歩かせる。

「フル・ヘイディヤ・フゥイ・ヨオディルヤ・バル」

そうしておずおずと、クーファたちの前に歩み出てきたのは——

誰あろう、五千年前のミュールたる、幼き黒水晶ではないか。

金色の奥さまは何を促しているのだろう？　クーファたちは彼女の傍らに控える、付き人と思しき女性に目を移した。

懸命にページをめくる音が響く。

「えー、えー……あなたは、こちら！」

付き人はミュールを手招いた。

次いで、幼き黒水晶の肩を触る。

「代わりに、送る。えー……代わりに送ります！」

……今ひとつ意図を掴みかねるが。

要するに、ティンダーリアの民と目されたミュールに、金色の奥さまも興味があるのではないだろうか。代わりに幼き黒水晶を寄越してくるのは、友好の証なのかもしれない。

《ミュール》と《ミュール》が入れ替わるという、なんともみょうちくりんな事態になってしまうが――

クーファはミュールの顔を見下ろした。

ミュールは、艶然と微笑み返してくる。

「まあ、光栄ですこと。行って参りますわ、旦那さま？」

そして、メリダたちが「あっ！」と驚く暇もなかった。

ミュールはすばやく背伸びをして、クーファの口の端にキスをする。身軽な小悪魔みたいに身を翻して、金色の奥さまのもとへと駆けてゆくのだ。

本当に抜け目のない……。

金色の奥さまは満足そうに身を翻した。ミュールがひらひらと手を振りながら続く。最後尾に付き人の女性が従って、三人分の靴音が矢間から遠ざかっていった。

代わりにぽつん、と取り残されてしまったのが幼き黒水晶である。

言葉も通じず、さぞ居心地が悪かろう。

メリダ、エリーゼ、サラシャの三人が、率先して彼女を迎え入れてくれた。

「よろしくね？　えっと……」

ちびミウ、と人前で呼ぶわけにもゆくまい。

ハロルド女史がメリダの沈黙を勘違いする。

「その子は『黒の君』とか、『黒水晶』とかって呼ばれてるわ。……ティンダーリアの民たちは、アタシらに本当の名前を教えてはくれないの」

言って、薄暗い矢間から率先して身を翻した。

「さあて、みんな疲れたでしょう？　ご飯ご飯！　着替えも用意してあげるわ」

言われてみれば、未来でのティンダーリアの遺跡から、怒濤の一日だった。

クーファも忘れていた疲労感を思い出した。

どっ、と。肩に重荷が圧し掛かってくる。

ハロルド女史はすでに退出した。

メリダたちもあとについて歩き出した。

しかしクーファは……日陰のなかから動けない。

なぜだろう。一歩を踏み出す気力が湧いてこなかった。

立ち止まっている場合ではない。やらなければならないことが、山のようにあるのに。

メリダが、そんな家庭教師の様子に気づいた。

「先生？」

ほかのご令嬢たちも、幼き黒水晶も、ハロルド女史も不思議そうに振り返る。

メリダが引き返してきた。

「どうされたんですか？　……行きましょう？」

クーファは、胸の高さにある彼女の顔を見下ろした。

はっきりと頷く。

「なんでもありません」

そして、前触れもなく膝から崩れ落ちた。

床へ倒れ込む。

メリダたちの悲鳴が聞こえた。

「先生⁉　先生……っ‼」

おかしい。クーファ自身、なぜこうなっているのか理解ができなかった。体に力が入らない。身を起こすどころか、主人の呼びかけに答えることすらできない。

どうして――………

そのまま、ぷつんっ、と。彼は意識を手放した。

おそらく、メリダのほうがよっぽど彼の体調を理解できていた。

ここ最近の彼は、無茶をし過ぎである！　カーディナルズ学教区を飛び出してからこっち、ずぅっと気を張り詰めて。メリダたちを守るために過酷な戦いを繰り返して……誰にも頼ることができないという恐怖のなか、どれだけ心身を傷つけていたのだろうか。

クーファ先生は確かに、絵本に出てくる王子さまそのものだけれど。

本当は完璧な人間などではないということを、メリダはとっくに知っていた。二年近い付き合いである。ちょっぴりずつ背丈が伸びて、彼の素顔もより間近で見られるようになってきたのだ。

思えば古代の世界へやって来て、スティグマなる兵器人形と戦ったときには彼の不調はあきらかだった。

その原因にまではメリダはとっさに思い至れなかったものの、今なら分かる。

元々消耗していたクーファに、決定的な追い打ちをかけたのは——

†　†　†

エリーゼとサラシャが、前のめりになりながら額を突き合わせてくる。

「『太陽が原因？』」

メリダは頷いた。

クーファが倒れてしまった翌日の朝である。ハロルドは彼に豪華な寝室をあてがってくれた。というより——塔の広さに反して住人の少なさ。部屋は有り余っているらしい。

ひと晩ぐっすり寝かされて、なお、クーファは目覚める気配がなかった。

普段ならば誰よりも早起きの彼である。

空ではもう、太陽が煌々（こうこう）と輝いていた——

きっとそれこそが、クーファから生命力を奪っている原因なのだ。

メリダはふたりの親友へと告げる。

もうごまかしてはおけまい。

「クーファ先生の半身はランカンスロープなの」

サラシャの睫毛（まつげ）が震えた。エリーゼは軽く目を瞠（みは）った。

メリダは胸が痛むのを自覚した。

「ワームホールのなかで、みんなも見たでしょう？　クーファ先生の体には、半分、ヴァンパイアの血が流れている。この古代の世界は彼にとってとってもつらいのよ」

窓を見る。

蒼く広がる空。

その彼方を覆う、反転した大地。

世界の中心で光り輝く太陽——

どうして気づかなかったのだろう。ランカンスロープにとってこれほど過酷な環境もあるまい。メリダたち普通の人間が、夜の瘴気のなかでは生きられないように。

ハロルド女史には医学の心得があるという。その彼女がクーファを診たところ、命に別状はなさそうだ、とのこと。

きっと、純粋な吸血鬼であれば体が灰になっているところだ。

半分はまぎれもない人間であるクーファだから、持ちこたえられているのだろう。

しかしそれもいつまで持つのか……もしも彼の、人間としての生命力が底をついてしまったら……メリダは想像しただけで背筋が凍えてしまう。

クーファは寝息こそ穏やかだが、呼びかけには応えてくれない。

ベッドの傍らには、五千年前のミュールたる幼き黒水晶がいた。

クーファの肩を、ちょんちょん、と人差し指でつついている。

あどけないまなざしで、メリダの顔を見上げてきた。

「スゥ・アンディディ・ラルムオトゥ？」

クーファの顔へと視線を戻す。

「フル・リディヤ・テスヤエディ・スエディ・ワンク……」

メリダは軽くため息をついて、彼女の髪の毛を指で梳いた。

エリーゼはちょっぴり不満そうに、頬を膨らませていた。

「どうして秘密にしてたの？　わたしや、ロゼ先生にまで」

メリダはつい返答に困った。

そのロゼッティについても、エリーゼには明かさなければならないことがある。彼女が実は、吸血鬼としてのクーファの眷属であり、幼い頃のふたりは義理の兄妹であったことなど——当の本人でさえ、知る由もないことなのだ。

さて、ご機嫌ナナメな従姉妹をどうなだめたらよいだろう？

メリダが迷っていると、隣からサラシャが口添えをしてくれた。

「仕方がありませんよ、エリーさん。いくらわたしや、フェルグスおじさまや、アルメディアおばさまが彼を庇ったとしても——」

歯がゆそうに、かぶりを振る。

「最強のヴァンパイアが同じランタンのなかで暮らしていることを、フランドールの皆が受け入れてくれるかどうか」

十中八九、難しい。

そして受け入れてもらえなかった場合、クーファを待つのは国家規模の迫害だ。それこそが幼い頃の彼を苦しめ、彼の母親を死に追いやった元凶（トラウマ）である。クーファにもう一度、その責め苦を味わえと？　メリダは断固としてかぶりを振る。

エリーゼだってとっくに分かってはいるだろう。

否（いや）、サラシャもミュールも皆――あのワームホールで彼の素性を知った瞬間、直感的に悟ったはずだ。クーファがときおり見せる淋（さみ）しげな横顔の理由。彼が秘密主義にならざるを得ない理由を。

分かってはいるが、やるせないのだ……。

メリダも同じ気持ちである。

そのときだった。ドアのほうから威勢の良い声が聞こえたのは。

「なんの話をしてるんですか？　ばんぱいあ、ってなんですか？」

メリダたち三人も、幼き黒水晶も一緒に振り返る。

いつの間にかひとりの少女が寝室を訪れていた。頭巾をかぶり、薄いヴェールで目もとを覆っている。そして片腕に抱えているのは分厚い本だ。

少女は歯切れよく名乗った。

「みなさまのお世話を任されました、託宣人のシルマリルです。お見知りおきを！」

メリダとエリーゼ、サラシャは、なんとも言えない表情で見つめ合った。

……ありがたくはある。

が、それ以上に、はっきり言って厄介だった。メリダたちには、古代の人々には聞かせられない、内々で相談したいことがたくさんある。未来のこと、過去のこと。シーザ秘書の行方。彼女の企み。その対策と作戦——

傍らのお世話役に聞きとがめられてはたまらない。

きっと、このシルマリルという少女は逐一問うてくるだろう。

『ばんぱいあってなんですか？』

『ろーど・くろのす号？』

『シーザとは、どなた？』

『まあっ、みなさまは未来から⁉』

……それらを吹聴されでもしたら歴史が変わるどころの騒ぎではない。

メリダは、無駄かもしれないとは思いつつ彼女へと告げた。

「わたしたち、聞いての通りあなたたちと同じ言葉を使うの。通訳は必要ないわ」

シルマリルはきっぱりと言い返してくる。

「これは十賢人会議での決定なんです！」

……なるほど。

つまりは世話役という名の監視というわけだ。メリダたちが不届き者なのではという疑いは、決して晴れたわけではないのだろう。

しかし困ったことになった。これでは仲間内で作戦会議もできやしない。

メリダは話題を探して、シルマリルの手もとに目を留めた。

「あなたの持っているそれって、えっと、ティンダーリアの民の言葉の、辞書？」

昨日、金色の奥さまに従っていた付き人も同じものを持っていた。

実を言うと、彼女らの話す不思議な響きの言語に興味のあったメリダである。

コミュニケーションの一環として、シルマリルへと身を乗り出す。

「わたしにも見せてもらっていい？」

するとシルマリルは、泡を食って辞書を抱きかかえるのだ。

「だ、ダメですっ！　ネピリム語は神聖な言葉。その教書を手にし、言葉の置き換えを許されるのは、私たち託宣人だけなんですからっ」

エリーゼとサラシャは顔を見合わせていた。

ささやかに分かったことと言えば。

「ネピリム？」

エリーゼの問いかけに、シルマリルは背筋を正す。

ちら、とヴェールの奥の瞳が幼き黒水晶を向いた。

「彼らの言葉で、《神の声》という意味です。そんなことも知らないんですか？」

メリダは自嘲気味に言ってやった。

「フランドールは田舎なの」

そうとも！　メリダたちはこの古代の世界に関して、知らないことだらけだ。知らなければならないことばかりだ。クーファは彼らへと、なんと説明していた？

自分たちは、学びに来たのである！

この古代の在り様を。

太陽の輝くこの時代に、これから何が起こるのかを。

シーザ秘書がその陰で、何を考えているのかを――

メリダは威勢よく立ち上がった。

幼き黒水晶の腋(わき)の下に手を入れて、抱っこするように立ち上がらせる。

やや気圧(けお)されたようなシルマリルへと、はっきりと告げた。

「さっそく案内して頂戴、シル」

メリダたちが真っ先に訪ねたのは、ハロルド女史の私室である。

正しくは《研究室》であるそうだ。

彼女は学者なのである。

五人もの大所帯で押しかけると、彼女の研究室は非常に手狭になった。どういった研究を行っているのだろうか。人体模型に、生物の標本……かと思えば絡繰り(からくり)のメカもある。

ハロルドは雑多に散らかった机からこちらを振り返った。

「あらみんな。おはよう」

かけていた眼鏡を外して、にやりと笑った。

「その服、よく似合ってるじゃない」

言われて、メリダとエリーゼ、サラシャはあらためて己の恰好(かっこう)を見下ろした。

バルニバビルの民の特徴たる白装束である。昨日、ハロルドが用意してくれたのだ。もちろん、クーファの分も……。未来人としての旅装のままでは非常に悪目立ちする。ならば装い(よそお)を現地に合わせるのは、それこそ旅行者のマナーだろう。

慣れない趣の服でちょっぴり気恥ずかしい、などとは言っていられない。

メリダはあらためて感謝を伝え、ハロルドはあっけらかんと手を振る。

「いいのよ。――彼の具合は？」

「まだ目が覚めていなくって……」

「そう。心配ね」

そのとき、なぜかハロルド女史の眼鏡がきらっ、と光った気がした。

気のせいだろうか？　メリダは単刀直入に切り出す。

「それでわたしたち、先生の代わりにさっそくお話を聞きにきたんです」

「話？　ああ、そういえば『学びにきた』とかなんとか言ってたわね」

ハロルドは眼鏡の位置を正し、机へと向き直ってしまう。

「アタシでよければ質問に答えてあげてもいいわ。仕事の合間にだけれど」

彼女は背中で、「何が知りたいの？」と問うてくる。

メリダ、エリーゼ、サラシャは顔を見合わせた。

何が知りたいかというと……。

ぜんぶだ。

メリダたちは、この古代の世界に関する何もかもを知らない。

それでは、目の前で何かが起ころうと、それが何を意味するのかも分からない。

メリダは迷った末に、おそるおそる問うた。

「えと……バルニバビルって、どういった場所なんでしょう？」

ハロルド女史の手が、ぴくっ、と止まった。

世話係のシルマリルなどは、ぎょっと目を見開いている。

幼き黒水晶はサラシャの手を握って、よく状況を理解できていない様子……。

ハロルド女史はあらためて振り向いてきて、眼鏡を外した。

「あなたたちフランドールの民って、ほんっと〜に外界のことに疎いのねえ」

メリダは、開き直りが肝心よと、己に言い聞かせる。

「だからわたしたちが学びにきたんです」

「あ、そ。まあいいわ」

ハロルド女史は机にペンを投げ出した。仕事を中断することにしたらしい。

足の踏み場も満足にない研究室を苦労して横断して……。

窓を開けた。

新鮮な風が、室内の埃っぽい空気をかき混ぜる。

空を見上げれば、その中心にいつも輝いているのが、太陽だ。

ハロルドは窓枠にもたれかかって、憂鬱そうに腕を組んだ。

「今日も元気がないわね」

メリダやエリーゼ、サラシャは思わず顔を見合わせた。

ハロルドは言葉を重ねてくる。

「さすがに気づいているでしょ？　日に日に太陽が輝きを失っているの」

「えっ、と……」

まったく実感がない。

これまでずっと《ランタンのなか》で暮らしてきたメリダたちである。大空に満ちる光があるというだけで感動ものだ。あまりの神々しさに目がくらみそうなほどに。

が、古代を生きる人間にとってはそうではないらしい。

以前はもっと、太陽が生き生きしていたというのだ。

ハロルドは驚くべきことを告げた。

「太陽、もうじき寿命を迎えるのよ」

「えっ⁉」

信じがたい――というより、とっさに言葉の意味を呑み込めない。

サラシャは思わずといった様子で身を乗り出した。

「ど、どうしてそんなことが分かるんですかっ？」

ハロルドは振り向いて、眉を上げる。

「少し難しい話をしても？」

メリダたちはやや言葉に詰まったものの、こぶしを握って答える。

「が、がんばってついていきます……！」

「よろしい。それじゃあ――」

ハロルドは頭のなかで言葉を整理しているのだろう。雑多な部屋を眺め渡しながら。

「この閉じられた世界について、真実を教えてあげましょう」

と、語り始めた。

「近代科学の進歩によって、それまでは奇跡としか考えられなかった現象もその原理を解明できるようになってきたわ。そうしてこの世界で起こるあらゆる物事を科学的に調べていった結果、あるひとつの事実が浮かび上がってきたの」

固唾を呑むメリダたちへと、ハロルドは告げた。

「それはこの世界が、遥か遠い昔、何者かによって創られたものだということ――」

ここでメリダたちが顔を見合わせても、決して不自然ではあるまい。

エリーゼは、思わずといった調子で問いかける。

「何者か、って？」

　ハロルド女史は肩をすくめた。

「《神々》としか呼びようがないわ。風が吹くのも、水が清らかに流れるのも、地殻変動が起こるのも、今のアタシたちでは到底理解できない、ロストテクノロジーによって制御されているからなの。そんなの、神さまの御業（みわざ）と呼ぶしかないじゃない？」

　何度となく頷（うなず）いて、彼女は言った。

「この世界の土台が形作られた神々の時代。それは《神代（かみよ）》と名付けられたわ。何万年前だか何億年前だか想像もできないけれど、神は確かにこの世界をお創りになり、そしてどこかへ去ったの。かつて彼らが実在したという証明、それがティンダーリアの民よ」

　メリダたちは一斉に、幼き黒水晶へと視線を集めた。

　当の本人は、周りでなんの話をしているのか分かっていないのかもしれない。メリダたちの顔を順繰りに、きょろきょろと見つめ返している。

　ハロルド女史も、どこか神妙なまなざしで幼い少女を見ていた。

「以前のティンダーリアの民は、独特の言語を受け継ぎ、不思議なまじないを用いる少数民族とだけ考えられていたわ。しかしそれはとんでもない過小評価だったの」

　ハロルドは人差し指を振り、空想の黒板に数式を描くような仕草をした。

「何も知らなければ魔法としか思えないでしょう。でも彼らの力にもれっきとした原理があるの。アタシたちはそれに気づいたわ——ティンダーリアの民が特定の文法でネピリム語を唱えるとき、この世界の環境システムに指令を送っているということにね」

メリダは無意識のうちにスカートの裾を押さえていた。

幼き黒水晶との初対面を思い出したのだ。あのとき、彼女がなんらかの確信を持って言葉を口ずさんだ直後、自然には起こり得ない突風が巻き上がった——

ハロルド女史は「つまり」と。念入りに人差し指を立てて注目を集める。

「ティンダーリアの民にはロストテクノロジーを扱うすべと権限がある。間違いなく、神代の血を直接受け継ぐ末裔（まつえい）ということよ」

すでに頭がくらくらしてきたが——

頑張ってついていかねば。ハロルドの話はまだまだ先が見えない。

「この世界の風も、土も、水もすべてロストテクノロジーによって創られたもの。で、あるならば——」

ハロルドの人差し指が、ぴっ、と天井を差した。

「太陽（ひかり）が例外であるはずがない」

「あっ……」

「アタシたちはその仮説に基づいて太陽の調査を始めたわ。そして考え通り、太陽もまた神代に創られた人工物であるということが分かったの」

ちょっと言葉を選んだ様子で、ハロルドは問うてくる。

「原理を？」

ここまで来たら、聞かずにはおれまい。たとえ理解できなかろうとだ。

メリダたちは示し合わせたかのように頷く。

ハロルドは言葉を選びながら教え聞かせてくれた。

「アタシたちが太陽と呼ぶあの球体のなかでは、目に見えないほど小さな物質が、絶えずぶつかり合って、結合しているの。そのときに発生するエネルギーが、熱と光となって地上を潤わせているというわけね」

分かったような、分からないような、だが。

肝心なのは、その話の次だった。

ハロルドは、さすがに深刻そうな面持ちで語る。

「そもそも、アタシたちが太陽の調査に乗り出したのには発端があるのよ。近年、日照時間が少しずつ短くなっているの。太陽が休止する夜の時間が長くなって、昼の時間が短くなる。そして昼間であろうと太陽の輝きが弱く、気温が上がらず、作物が満足に実らない——これは歴史上、かつてない異常事態だわ。そして長期に及ぶ太陽の調査・分析・観測の結果、アタシたちはあることを確信したの」

ハロルドはまぶたを閉じた。

「何万年前だか、何億年前だか想像もつかないけれど――」

思いを馳(は)せる。

「遥かな太古に創られた太陽は、今の時代において老朽し、限界を迎えようとしている」

「……っ‼」

「太陽から完全に光が失われたとき、この世界がどうなってしまうのかそれこそ想像も及ばないわ。少なくとも、地上はまともに生物が生きられる環境ではなくなってしまうでしょうね」

まさか、とメリダは思わずにいられない。

空から、太陽の光が完全に失われた世界――

まさに五千年後の夜界、そのものの光景ではあるまいか。そこはまともな人間が生きられる環境ではない。暗闇に棲(す)むのは、心身を変質させた怪物(ランカンスロープ)のみだ。

メリダたちの深刻な面持ちを、ハロルドはまた違ったふうに解釈したようだった。

声に力がみなぎる。

「なんとしてでも太陽の死を喰(く)い止めないといけない。世界的なプロジェクトが発足されたわ。このバルニバビルにはね、世界じゅうから明晰な頭脳を持つ学者が集められて研究を行っているの。いかにして、世界の終焉を乗り越えるか？　いくつかの計画が同時に進行されていて、それぞれを束ねる研究主任がアタシたち、十人の賢人というわけよ」

まあ、と彼女は、ややバツが悪そうに言い添える。

「計画のいくつかはすでに頓挫してたり、凍結されていたりするんだけれど」

ハロルドはまだ三十歳前だと思われるが、その肩には重責が掛かっているようである。

メリダたちは、途方もない規模の話に深々と息を吐いた。

そこで、見かねたように、世話係のシルマリルが口を出してくる。

「みなさんは、本当にこんなことさえ知らなかったんですか？」

なんて呑気なのかしら、といった風情である。

そこを掘り下げられては言い逃れができないので、早々に話題を変えるに限る。

メリダは早口で問うた。

「ハロルドさまはどんな計画を担当していらっしゃるんですか？」

「おっ、興味ある？　興味あるわよね？」

食いつかれた。

ずいずいと詰め寄ってくる彼女には、メリダたちも仰け反らざるを得ない。

それでも学ぶ立場としては、頷いておくべきだろう。

「ぜ、ぜひ聞きたいです……」

「そう言ってくれると思ってたわ？　じゃ、脱いで」

メリダは目を丸くして、素っ頓狂な声を上げた。

「はっ、はいぃ⁉」

「分からない？　服を脱ぐのよ、全員ね」

ハロルドは自らの白装束をめくり、肩を露出してみせる。

メリダ、エリーゼ、サラシャは自らを抱きしめてあとずさった。

「お、おおおおお断りしますっっっ！」

「ええ～？　協力してくれるんじゃないのぉ～⁉」

子供みたいに唇を尖らせたハロルドは、しかし、意外にもあっさりと引き下がった。

「ま、いいわ。こっちにも準備ってものがあるし」

ひらひらと手のひらを振る。

「勉強しにきたんだったら、ほかの賢人たちにも話を聞いてみたらどう？」

「ほかの賢人さんがたって……」

ハロルドは細い指を折って数え上げた。

「昨日の庭園に居たのがエドガー、ノルマンディ、オズワルド、アブドール。残りがイングゥア、ルヒラム、フェルドゥナ、ゼン、ホアンコーラスよ」

これにハロルドを加えた十人の賢人が、世界の命運を担うバルニバビルの最高権力者というわけだ。

クーファの分まで務めを果たしてみせる――と意気込んだメリダとても、顔も知らぬ彼らに突撃取材を敢行するのはなかなかに勇気がいる。

ハロルド女史も承知しているのか、腕を組んで少し考え込んだ。

「フェルドゥナは女性だけれど、あまり話しやすい相手じゃないかも……。まずはエドガーとノルマンディにでも挨拶してきたら？」

ハロルドはぴっ、と人差し指を立てる。

「覚えてる？　昨日の庭園で決を採ったとき、アタシと同じであなたたちを受け入れる側に手を上げたふたりよ」

もちろん、覚えている。人懐っこい金髪の男性がエドガーなら、もうひとりの、波打つ黒髪の男性がノルマンディというのだろう。

彼らもその後の会議で、メリダたちの弁護をしてくれたことは想像に難くない。

ならば礼を伝えるべきだ。

メリダたちは顔を見合わせて、頷いた。

その真ん中で、幼き黒水晶は相変わらずきょとん、と皆の顔を見上げている……。

† † †

というわけで、まずは最寄りにあるというノルマンディ氏の研究室を訪ねたのだが。

出迎えてくれたのは彼の半身のみだった。

つまりはドアを少しだけ開けて、その隙間から顔を覗かせているのである。

「礼には及ばない」

半分だけ見えている唇がそう告げて、片方の目がメリダたちを睥睨する。

「……用件はそれだけか？」

「ええと」

取り付く島もないとはこのことだろうか。

彼ときたらドアの隙間にぴったりと体を押し当てて、まるで部屋のなかを隠そうとしているようなのである。

広く情報を集めたいところだが、不興を買っては元も子もない。

どうしたものか……。

そこで、エリーゼがぽつりと問いかけた。

「あなたは、どんな研究をしているんですか？」

ノルマンディ氏は目覚ましい反応を見せた。

片方だけ覗いている目が、痙攣(けいれん)するかのように見開かれたのである。

「し、知りたいかね？」

メリダはぴん、と天啓を得た。

すかさず頷(うなず)くのだ。

「ぜひ」

親愛なるアルメディア＝ラ・モールがそうだが――

彼ら天才的な頭脳を持つ学者というやつは、ほとんど常人には理解できないことを考えている。よって、己がどれだけ高度な研究をしているかを理解されづらいのだそうだ。

そのことを淋(さみ)しい、と感じる者もいるのだとか。

誰かに誇りたい。話を聞いてほしい！

アルメディア＝ラ・モールが、まさにそうなのだが……。

以前、彼女の研究について何気なく話を振ったところ、ワイン瓶を傍(かたわ)らに置いたアルメディアに朝まで熱弁を聞かされた経験を、メリダたちは忘れていない。

あんな耐えがたい眠気は、もう二度と御免だけれど……。

はたしてノルマンディ氏は――

逡巡(しゅんじゅん)の末に、ドアを大きく開いたのだ。

「そ、そこまで言うのであれば、少しご覧にいれよう」

誰かに話したくてうずうずしている、と彼の小さな瞳が物語っていた。

というわけで、遠慮なく見学させてもらうことになったメリダたちである。

ノルマンディ氏の研究室は、なんというか、五千年後のフランドールよりよっぽど未来的だった。鋼鉄の機械ばかりなのである。部屋じゅうのケーブルに電気の伝う気配が、虫の羽音みたいに、ひっきりなしに響いている。

ひと通り室内を見渡して、サラシャが何かに気づいた様子だった。

「あ、あの……スティグマっていうロボットは、もしかしてノルマンディさまがお作りになったんですか？」

忘れもしない。強力な熱光線と超技術の刃(やいば)で襲い掛かってきた粘土人形である。

しかし、ノルマンディ氏は首を左右に振る。

「違う」

彼は話をするとき、ほとんど表情が変わらず、唇を動かさない。

「あれは元々……バルニバビルの格納庫に眠っていた。ホアンコーラスが……賢人のひとりが、塔の防衛用にと調整を施したのだ。私の担当は、また別だ」

メリダは、高い位置にある彼の顔を見上げる。

「それじゃあ、ノルマンディさまの研究っていうのは？」

ノルマンディの瞳だけが動いて、メリダを見下ろす。

「コールドスリープだ」

メリダとエリーゼ、サラシャの三人はぎょっ、として振り返った。

幼き黒水晶は、突然注目されてもなぜだか分からないだろう。きょとんとしている。

……以前、ミュール＝ラ・モール本人が言っていた。彼女はコールドスリープ・ポッドのなかで現代の世界に目覚めたのだと。しかし、彼女の眠っていたポッドは五千年後のバルニバビルの遺跡ではなく、フランドールで発見されたはずだ。

どういうことなのだろう？

そう言われると、なるほど、ノルマンディ氏の研究室にある機械は《入れ物》の形をしていた。円筒形であったり、卵のようなフォルムであったりと様々である。

メリダたちが言葉を失った理由を、ノルマンディ氏は勘違いしたらしい。

やや舌がもつれる。

「こ、コールドスリープというのは——」

メリダは、確認の意味も込めて言ってやった。

「肉体と魂を保存して、永い眠りにつかせる装置のこと……ですか？」

「ほ……ほう！」

ノルマンディ氏の声が弾んだ。

「理解している者がいるとは‼」

彼の地声が研究室に響き渡り、幼き黒水晶などは目を白黒させた。

今度こそ皆が押し黙ってしまったので、ノルマンディ氏ははっ、と我に返った。

「す、すまない。コホン」

と咳払(せきばら)いをして背中を向け、ポッドのひとつに向き直る。

「……その通り。太陽が眠り、地上が死滅するのであれば、人類もまた眠りにつき滅びをやり過ごすという……それが、この計画の発端である。あったの、だが」

彼は言葉を途切れさせて、ポッドに嵌(は)められているガラス窓に手のひらを当てた。

「私の研究は、もう完成している。しかし希望者がいない」

メリダたちは顔を見合わせて、眉をひそめた。

「希望者——ポッドに入りたがるひとがいないってことですか？」

「そうだ。ひとりもいない。各地に呼びかけて参加者を募ってはいるが、誰もが、『ほかの賢人のプロジェクトの成功に期待したい』と……口を揃えて、そればかり」

ノルマンディの手のひらに力が込められるのが、見ていて分かった。

「無理もない」

と彼は言う。

「コールドスリープ・プロジェクトには大きな穴がある。それは《未来がよくなっている保証》がどこにもないことだ。太陽が眠り、我々も眠る。──それでいつ目覚める？　ふたたびポッドに入ったが最後、それが永遠の眠りになるかもしれない」

だが、と。ノルマンディ氏の声に再び気力が燃え上がる。

「私はこのポッドが、《棺桶》と呼ばれることだけは我慢がならない！」

彼はすぐに、はっ、と我に返る。

注目を集めていることに気づき、やや早口で言った。

「……もういいかね？　私は、い、忙しい」

聞くべきことは充分だ。メリダたちは各々お辞儀をして、彼の研究室を退出する。

去り際に、メリダはちょっと迷ったものの──

幼き黒水晶の手を握ったまま、室内を振り向いた。

「あなたの研究は、きっとたくさんのひとを救うと思います」

ノルマンディ氏は驚いた顔になった。

しかし返事は貰えないようだったので、メリダはもう一度お淑やかに頭を下げて、彼の研究室をあとにする。未来的な光景に別れを告げ、ぱたん、と扉を閉じるのである。


次はエドガー氏に挨拶をせねばならない。彼こそ、不利な立場に追い込まれていたメリダたちをもっとも熱心にかばってくれたのである。

ところがシルマリルの案内で彼の研究室を訪ねると、そこには予想外の人物がいた。

好意的だったエドガー氏とは、まるで真逆の立ち位置——

銀髪のオズワルド氏である。

扉を開けた途端、彼の怜悧な瞳がじろりと向けられて、シルマリルは肩を跳ねさせる。

「あ、あれっ？　私、部屋を……」

オズワルド氏はつまらなそうにため息をつく。

「間違ってはおらぬ。俺もエドガーの奴に用があって来たのだ。留守だったがな」

開いていた学術書をぱたん、と閉じて、机へと放る。

なるほど。散らかった室内にはほかに誰の姿もなかった。……エドガー氏の研究内容はなんなのだろうか？　棚には、瓶詰めにされた土や植物が目立つ。

オズワルド氏は早々にきびすを返した。

「行き先には見当がつく。貴様らも奴に話があるのだろう？　ついてくるがいい」

メリダたちは昨日の彼の態度を思い出し、気後れしてしまった。幼き黒水晶などは、サラシャの背中にひしっ、としがみついて、身を隠してしまってさえいる。

誰も動き出せないので、オズワルド氏はもう一度ため息を零した。

「……会議で決まったことに異は唱えぬ。無闇に貴様らを疑ったことは詫びよう」

メリダは思わず目をしばたたいた。オズワルド氏は表情を見せないまま廊下へ出る。

「あの男はどうしたのかね？」

「あっ、先生は……体調が優れなくて」

オズワルド氏の横顔が、「ふん」と揺れた。

「なんと、病弱だな」

彼が呆れたのか、それとも笑ったのかはメリダには分からない。

確かなのは、オズワルド氏に対する心証がいっそう悪化したということだ――

とはいえオズワルド氏の背中についていくしかない一行である。

とてもおしゃべりできる雰囲気でもなく、沈黙の痛々しい道のり。幸いにも目的地は近かったようで、オズワルド氏は階段を一階層上がると、中庭へ出た。

バルニバビルの塔は広く巨大。その中庭ともなれば草原のような様相だった。

迷いなく木々に踏み込んでゆくオズワルド氏は……どこを目指しているのだろうか?

ややあって、オズワルド氏は前触れもなく立ち止まる。鋭く手を上げてシルマリルを制した。そのまま茂みの向こうを窺うので、メリダたちも息を潜めざるを得ない。

オズワルド氏の見つめている先には、ベンチがあった。

ひと組の男女が語らっている。

男性のほうは言わずもがな、人懐っこい笑みの金髪の男性、エドガー氏。

そして女性の姿に気づいて——サラシャにひっついている幼き黒水晶が、何やら声を漏らした。

陽の光を撥ね返す、美しい銀髪……。

言われずとも分かった。科学者には見えない。

彼女はミュールたちと同じ、ティンダーリアの民だ。

その裏付けとして、エドガー氏は身振り手振りを交え、こう話しかけたのだ。

「え、ええと……ディエフ・シール!」

銀髪の女性は、咲き誇るように微笑む。

「バル・スゥ・ペディウティーア。──ディエフ・シール」

ゆったりとした発音だ。エドガー氏は嬉しそうに何度も頷く。

「そう、そうだ！　お昼の挨拶は『ディエフ・シール』だ！　ははっ、これだけは覚えたんだ」

ティンダーリアの民独自の言語だという、ネピリム語でやり取りしている。

しかもエドガー氏の手には辞書もなく、懸命に頭を捻り、言葉を絞っているのだ。

「調子、体調……ええと、エディヤエ──パウツ──ラルムオトゥ？」

問題なく通じているらしい。銀髪の女性は儚げに頷き返す。

「フル・トゥーン・ルオンディエ。フル・ヘディヤ・サンディウエ・フルーエ」

エドガー氏は、聞くことに関してはだいぶ慣れているらしい。自信たっぷりに頷いた。

「今、『良い』って言ったよね？　よかった！　それから、なんだ……水が優しい？」

年頃の乙女たるメリダたちご令嬢は、ふたりの関係を一瞬にして察した。

俄然、息を潜め、前のめりになろうというものだが……嗚呼、なんたる不粋か！

オズワルド氏はまったく意に介さず、歩み出してしまったのである。案内人・シルマリルの腕を摑んで、「ついてこい」という風情だ。

姿を現しながら、これみよがしな大声を張る。

「やあ、エドガー！　こんなところに隠れていたのか！」

ベンチの男女は、びくっ、と彼を振り返る。

エドガー氏の顔が強張（こわば）った。

「オ、オズワルド……」

「何をしていた？　仕事を放り出して。面会の時間だからか？　己の研究よりも、このティンダーリアの具合を窺うことのほうがよっぽど大事か？」

オズワルド氏は銀髪の女性の前に仁王立ちになった。エドガー氏は思わずといったように立ち上がったものの、両者を見比べて、どうすればよいか迷っている様子だ。

銀髪の女性は毅然（きぜん）と見上げている。

同じ髪色を持つオズワルド氏は、高圧的に腕を組んだ。

「貴様には特別な香室を与えている。これ以上、何を欲（ほっ）する？」

じろりとエドガーを流し見て。

「この男に取り入って、あわよくばこちらの仲間に入ろうという魂胆か。同胞を見限って己だけ地位を得ようと？　――おい、託宣人！」

近くまで引っ立てられていたシルマリルは、体を跳ねさせる。

オズワルド氏は顎をしゃくった。

「ネピリム語で伝えろ。俺の言ったとおりに話すのだ」

「……っ」

立場は間違いなく、十賢人たるオズワルドのほうが圧倒的に上だろう。

シルマリルは震えながら口にした。

「……バル・ユンディク・ルエ・バル・スンディス・ディーム・アウス」

銀髪の女性はオズワルド氏の瞳を見つめ返したまま、立ち上がった。

そのまま背中を向けて、静かに去ろうとする。

だが、オズワルド氏は追い打ちにも余念がなかった。彼女の銀髪を睨(にら)みながら。

「お前はエドガーをただ利用しようとしているだけだ」

と告げて、またシルマリルへ視線を送る。

託宣人の少女は、憐(あわ)れみのこもった声で言った。

「バル・ユンディク・ルエ・バル・ドゥディヤ・アンス……」

すると銀髪の女性は足を止め、振り向いた。

まっすぐに、オズワルド氏を見つめる。

「ムーア」

と、ひと言だけ言って、また背中を向けた。

シルマリルは通訳をしなかったが、メリダたちには、銀髪の女性がなんと言ったのか、なんとなく分かるような気がした。

エドガー氏は、彼女が立ち去るまでは耐え抜いていた。

しかし彼女の銀髪が木々の向こうに消えた瞬間、オズワルド氏に掴みかかる。

「オズワルド‼　きみこそ彼女らに対する情はないのか‼」

オズワルド氏は胸ぐらを掴まれながらも、平然と見つめ返す。

静かに問うた。

「昨日の日照時間は何時間だった？」

「えっ？」

「日照時間の計測だ。それすら怠ったか」

エドガー氏は相手を離し、頑として人差し指を突きつける。

「まさか！　忘れているはずがない。昨日は七時間五十七分だった！」

「では一カ月前は？　一年前は？　――十年前は十時間越えが当たり前だったろう」

エドガー氏は声を失う。

オズワルド氏はずっと淡々とした表情のまま、睨み続けていた。

「とうとう日照時間が八時間を切った。一日の三分の一以下だ。この意味が分からんか」

「……それは」

「塔で贅沢な暮らしをしていて、忘れたか⁉　土地はやせ細り、民は皆飢えている。それでもバルニバビルへ優先的に物資を送ってくるのは、俺たち賢人がいずれ世界を救うと期待しているからだ‼」

中途半端に上げられていたエドガーの手を、オズワルドは振り払った。

「にもかかわらず、貴様は本分を忘れて何をやっている‼　色恋で腑抜けた貴様の面を民が見たら、何を思う⁉　俺たちの故郷の人間は⁉　お前の父上と母上は⁉」

エドガー氏はすっかりうなだれてしまった。

オズワルド氏も意図せず声を荒らげてしまっていたらしい。肩で息をする。

ふたりの傍らに立たされているシルマリルが憐れでならない……。

オズワルド氏は大きく肩を弾ませて息を整えると、きびすを返した。

決別するかのように――

最後に、思い出したかのように言い置く。

「ああ、そうだエドガー。お前に客だぞ」

えっ？　とエドガーは顔を上げる。

やはりオズワルド氏は性根が曲がっている……そう言われては、メリダたちもすごすごと姿を現さざるを得ない。エドガー氏はこちらに気づき、バツが悪そうな表情になる。

「あっ、きみたちは……」

オズワルド氏はひと足先に、沈鬱な空気を背に立ち去っていった……。

取り残されたメリダたちはたまったものではない。

エドガー氏は笑顔を取り繕うものの、引きつった声が痛ましい。

「や、やあっ、きみたち。元気そうで……」

今はあまり、元気な気分ではない。彼になんと声を掛けたらよいのか分からない。

エドガー氏のほうも、さすがにごまかせないと悟ったようだ。見るからに肩を落とす。

「ごめんよ。見苦しいところを見せたね……」

「い、いえ……っ」

事情を知らないメリダたちでは、半端(はんぱ)なことを言っても無意味だろう。

ならばいっそということで、メリダは人影の消えた木々へと視線を向けるのである。

「さっきの女性は、どういった方なんですか？」

エドガー氏も吹っ切れたように顔を上げて、身振り手振りを交える。

「彼女はティンダーリアの巫女さ。僕たちは銀水晶の君って呼んでる。あの、細工物のような銀髪になぞらえてね」

そこでいったん言葉を区切って、力なくかぶりを振った。

「……彼女、生まれつき体が弱いらしくて、本当は故郷の森を離れたらいけなかったそうなんだ。でも、ティンダーリアの民たちのふるさとは、もうないから」

メリダは、そういえば、と疑問を浮かべる。

この古代世界はまさに存亡の危機にあり、それを乗り越えるためにエドガーら、十賢人を筆頭にした学者たちが集められている。であるならば……ティンダーリアの民は？　学者とは思えない。彼女らはどうして、その故郷であるという森から離れ、このバルニバビルで暮らしているのだろうか？

もうひとつ気掛かりなのは――

男性のティンダーリアの民を見かけない、ということだ。

たまたま遭遇していないだけなのかもしれないが……。

金色の奥方、と呼ばれていただろうか。あの堂々とした妙齢の美女がティンダーリアの民の長（おさ）として扱われているようである。メリダたちには、まだまだ情報が足りない。

エドガー氏は話し続けていた。

「銀水晶の彼女には、清浄なお香を焚（た）いた特別な場所を用意していてね、そこに暮らしてもらってるんだ。でも、そこからめったに外に出られないわけだろ？　僕はそれを不憫に思って……何気なく彼女に話しかけたんだ。だけど」

コメディアンみたいに肩をすくめる。

「言葉が通じないってことをすっかり忘れてたんだ！　彼女も最初は呆れてたし、警戒されてたよ。どうにか信用を得ようったって、何せネピリム語が理解できないわけだから、僕は『なんて軽々しく話しかけたんだ！』って自分を叱り飛ばしたもんさ」

なんとなく情景が目に浮かぶようである。メリダたちは唇をほころばせた。

エドガー氏も快活に笑って、自身の胸板を叩く。

「でも、なんていうのかな、心で通じ合えるんだ。同じ人間だからさ。彼女はもちろん悪いひとじゃない。僕だってそのつもりさ！　僕が彼女に声を掛けたのは――そう、なんだか淋しそうだったから。笑ってほしいって思ったんだ」

小刻みに頷いた。

「きっと笑顔が似合う」

また身振り手振りを交えて、大げさな仕草で語った。

「教書もなしにネピリム語が理解できるはずないって思うだろ？　でも僕は、なんせ第一印象が最悪だったもんだから、どうにか誤解だって分かってほしくて、何度も彼女に会いに行ったよ。僕の言葉が分かっていないって、知っていたけど、話し続けた。外での出来事とかをね。……仲間たちには白い目で見られたけれど」

先ほどのオズワルド氏の言葉が、苦味とともによみがえる。

エドガー氏はそれを呑み下したようだ。ほのかに笑う。

「そうして会っているうちに、気づいたんだ。彼女がネピリム語でなんて言っているか。――ウソじゃないよ？　ちゃんと通じてるんだから」

どこか、子供みたいに自信満々な笑みで頷くエドガー氏だ。

「彼女たちティンダーリアの民は、同胞以外に名前を教えてくれることはない。特別なものなんだって。だけど僕は、いつか教書も託宣人も当てにせずに、自分の口から彼女に名前を聞いてみせる」

空を見上げて、虹色の空想を追いかける。

「どんなに綺麗な名前だろう……――って、アイタッ！」

エドガー氏はいきなり跳び上がった。

メリダたちも、なんだなんだと目を白黒させる。

少年のようなエドガー氏を、力業で夢から叩き起こしたのは――

彼の足もとにむすっ、とした顔で立っている幼き黒水晶だった。エドガー氏は片方の足を抱えるようにして跳ね回っている。幼き黒水晶が何をしたのかはすぐに分かった。

エドガー氏は泣きそうな声で抗議する。

「ど、どうしてきみは僕のすねを蹴っ飛ばすんだ！」

幼き黒水晶はぱっ、と身を翻して、サラシャの背中へと逃げた。

じとっ、と顔を覗かせて呟くのである。

「グディーバ」

途端、シルマリルが思わずといった様子で噴き出した。

ネピリム語を理解できるのは、託宣人である彼女だけだ。エドガー氏は顔を向けた。

「何？　な、なんで僕は蹴られたんだ？」

「い、いえっ……私の口から申し上げるのは……ふふっ」

笑いを堪えられない様子のシルマリルである。

メリダたちにもなんとなく、幼き黒水晶の意図が分かろうというものだ。サラシャが幼き黒水晶を庇いながら、唇をほころばせた。

「きっと、『わたしの御姉さまを取らないで』って拗ねてるんですね？」

エドガー氏はきょとん、と目を丸くする。

「と……取るだなんて、まいったなあ」

すぐにでれりと、表情を溶けさせるのだ。

「僕と彼女はまだそんな関係じゃあ——周りからするとそんなふうに見えるのかあ」

幼き黒水晶がもう一発蹴りに行く前に、メリダはさりげなく彼女を抱きかかえる。

早々に話題を変えたほうがよいだろう。早口で問うた。

「と、ところでわたしたちっ、塔で行われている研究について学びたくって——」

そうして簡単に説明しただけで、エドガー氏の瞳は輝いた。

「ワオ！　僕の研究に興味があるのかい⁉」

これまた、目覚ましい、反応である。メリダはぎこちなく頷いた。

「ぜ、ぜひ……」

「嬉しいな、もちろん案内させてもらうよ！　さっそく——ああ、いや」

エドガー氏はあごに指を当てて、ぶつぶつと考え込んだ。

「お客さまを乗せるんだったらトロッコを点検して……地下の水温を調べないといけないな……それから地盤も確かめておきたいし……」

しばし脳みそを唸らせてから、エドガー氏は顔をはね上げる。

「明日！　明日の午前中に、僕の研究室を訪ねてもらえるかい？　とっておきのツアーに招待するよ」

そういったわけで、明日いちばんの予定は決まった。

メリダたちはお淑やかにお辞儀をして、彼のもとを立ち去るのである。

これでひとまず、友好的なふたりの賢人への挨拶は済んだ。

シルマリルは案内人らしく問うてくる。

「いったん部屋へ戻られますか？」

サラシャが、そういえば、と意見を述べた。

「ハロルドさん、なんだか『準備がある』って言ってたよね？」

エリーゼは渋い表情になる。

「どんな研究をしてるんだろ……」

メリダも悩ましい心持ちである。

「でも、悪いかたじゃないのは確かだわ」

どのみち、いつまでも立ち往生していたって仕方がない。

そういうわけで、ハロルドに用意してもらった部屋へと引き返すことにしたのだが――

結果的にはこの判断が、ぎりぎり絶妙なタイミングだったのである。

† † †

私室に戻ると、クーファが脱がされていた。

メリダたちはあんぐりと、ドアの前で口を開けて立ち尽くしている。

クーファはまだ眠りのなかだった。そのベッドの上にハロルド女史がまたがり、彼のワイシャツをはだけさせているのである。

熱心に聴診器を滑らせつつ、唸っている。

「フムフムフム……脱がすと意外と筋肉質なのね。でも、さすがにスティグマをねじ伏せるほどの怪力だとは思えないわ。どこに秘密があるのかしら……普通の人間と肉体は変わらないように思えるけれど」

腹の上に圧し掛かられて、クーファはうなされているように見える。

ハロルド女史は耳から聴診器を外した。

代わりにきらり、と光るメスを取り出し、舌なめずりをする。

「これはいよいよ解剖してみるしかないかしら……？」

そこで、大慌てで飛び出すメリダたちご令嬢である。

「ななな、なにをやってるんですかあ〜〜〜っっっ⁉」

「あら」

メリダ、エリーゼ、サラシャの三人がかりで、隙間なくクーファの上半身をかばう。

ハロルド女史は悪びれるでもなく、肩をすくめてベッドから降りた。

「ずいぶん早かったのねえ。オカエリ」

メリダとしては、眉を吊り上げずにはいられない。

「ク、ク、クーファ先生に手を出すつもりなら、黙ってはいられませんっ」

「人聞きの悪い。ちゃんと彼だって了承したでしょう？」

メリダたちご令嬢は顔を見合わせた。

……クーファが意識を取り戻したということだろうか？

そうではなかった。ハロルドはもういちど肩をすくめる。

「塔に留まる条件として、アタシの研究に協力してくれるって！」

そう言われてみれば、昨日の矢間でそんな話をされたような……されなかったような。

サラシャはさりげなくクーファのシャツを直しつつ、おそるおそる問うた。

「ハロルドさまの研究って、いったいなんなんですか……？」

ハロルド女史は、片手で器用にメスを回した。

「肉体進化——トランス・ヒューマン計画って名付けてるわ」

「トランス……」

　警戒しつつも、情報収集のチャンスだ。メリダは慎重に言葉を選んだ。

「その研究と、ク、クーファ先生を脱がせることにどんな関係が？」

　ハロルド女史は白衣に手を突っ込み、あっけらかんと語る。

「アタシはね、太陽の死によって世界そのものが変貌してしまうことは、もう避けようがないと思ってるのよ。防ぐことも先延ばしにすることもできない。アタシたち人類も、これまでの生き方や命の在り方を考え直さなければいけない」

　少しトーンダウンして。

「――あまり受け入れられる思想じゃないけどね」

　人差し指を立てる。

「太陽が死んだ、そのあとのことに向き合わなくちゃ」

「その、あと……」

　ハロルド女史は部屋を右へ左へと行き来し、研究者然と語る。

「日光が完全に途絶えた世界がどうなるのか――環境への影響、生物の心身への影響。そこは間違いなく、既存の生物が生きられるような場所ではなくなってしまうわ。それが避けられないのならば、アタシたち人類こそが、新しい世界へと《適合》しなくっちゃ」

なにやら難しい……しかし興味深い話になってきた。

エリーゼがこてん、と首を傾けた。

「具体的に、どうするんですか？」

ハロルド女史の声も熱を帯びてくる。

「それこそがアタシの研究しているトランス・ヒューマンよ。太陽のない世界でも問題なく生きていけるよう、人類という種を進化させるの！　例えばだけれど――」

周囲を手探りして、ここが自身の研究室ではないということを思い出したらしい。

もどかしそうに身振り手振りを交える。

「肉体を機械に置き換えることで衰弱を防いだりとか、あるいは獣のような姿になることで強靱（きょうじん）な生命力を手に入れたりとか――………おっと」

ハロルド女史は不満そうに人差し指を振ってきた。

メリダたちがものすごく微妙な顔をしていることに気づいたからだろう……。

嘆かわしそうに肩をすくめる。

「この話をすると、揃（そろ）ってそういう反応をされるのよね！　なんでよ、恰好良（かっこうい）いじゃないの。全身メタリック人間だとか、鳥人間だとか――」

その感覚はともかくとして……メリダは何度となくかぶりを振る。

ハロルドが積極的にメリダたちを庇護してくれた理由が分かった。彼女は、クーファが生身で殺戮人形を撃破せしめた源──マナ能力に興味があるのだ。

幸いにして、メリダたち四人娘はまだ同様の力が使えることがバレてはいないが……このままではクーファの身が危険である。

メリダは無意識に、クーファをかばう手のひらに力を込めた。

知ってか知らずか、ハロルド女史はなにかを思い出したかのように顔を上げた。

「おっと。そういえばそろそろ時間かしら。みんなも準備してくれる？」

「じゅ、準備？」

なにか予定があるのだろうか？

できれば塔から外出するだとか、クーファは連れていけない場所だとか、とにかく、研究から遠ざかるような予定だと助かるのだけれど……。

と、いうメリダの希望は、すべてが叶った。

ただし──ちょっぴり斜めの方向で。

ハロルドは笑う。

「さあみんな、脱ぎ脱ぎの時間よ？」

そしてメリダたちは、一様に言葉を失うのだった……。

LESSON：Ⅳ　～ひかりに縋る者～

ハロルド女史は確かに「脱ぎなさい」と指示し――
然るのちに「着るのだ」と言った。
つまりは単に、着替えである。
当人はすっとぼけた態度だ。
「アタシ、初めにそう言ったわよね？」
メリダはきっぱりと、「いいえ」と言い返しておく。
メリダにエリーゼ、サラシャ、手を引かれる幼き黒水晶。それに託宣人のシルマリル
――なかなかに大所帯の一行は、ハロルド女史の先導に従って歩いていた。
バルニバビルの塔を出て、深い森の奥へ。
整備された遊歩道をゆく。
どこを目指しているのかは予想がついていた。というのも、ハロルドが着替えと言って
見せびらかしてきた衣裳は、布地が最小限の面積の――要するに水着だったのである。
バルニバビルは広大な塩湖に囲まれた孤島。

メリダたちは、水浴びに誘われたのだった。

やがて、森の向こうに建造物が見えてきた。かなり大きい。聖フリーデスウィーデ女学院の練武場を優に凌ぐだろう。天井は高いドーム状だ。

遊歩道は、導火線みたいにその建物へと吸い込まれている。

ハロルドの足取りに迷いはなかった。メリダは問う。

「屋内プール、ですか？」

「プールというか、女風呂みたいなものかしら。女子しかいないから気兼ねしなくていいでしょう？」

ハロルドは人差し指をタクトみたいに振りながら、付け加える。

「今日は週に一回、このビーチに入れる特別な日なの。ちなみに島の反対側には男性用のビーチもあるんだけれど、そっちはいっつも閑散としているらしいわ。アタシはこうやって脳をリフレッシュさせる時間も、とても重要だと思うんだけれどねぇ」

女性所員たちの、週に一度の憩いの時間というわけだ。

メリダたちは恐縮せざるを得ない。

「わたしたちも混ぜてもらって良いんでしょうか……？」

ハロルドはこちらを見ずに答える。

「理由はすぐに分かるわ」

一行は建物内へと踏み入った。

メリダの靴の底が砂を踏み、浅く沈んだ。なるほど、ビーチと言うからには島の端に近いのだろう。なだらかな窪地になっていて水が溜まり、涼やかに波打っている。森のなかに潜む湖といった風情だが、辺りに漂う独特な匂い……これが《塩湖》たるゆえんか。

なにより驚いたのは、明るいということである。

降り注ぐ陽射しは、建物の外を歩いていたときと遜色ない。

メリダたちは天井を見上げて、そこに蒼い空が広がっていることに気がついた。またしてもこの超技術――建物の外からは変哲のない壁や天井に見えても、建物の中からは、ガラスのように透明に見えるのだ。

ハロルド女史はこの場所を、ビーチでありお風呂でもあると表現していた。

なるほど……これなら解放感あるリゾート気分を味わえつつ、誰にも気兼ねをする必要もないというわけだ。つくづく、古代人たちのライフスタイルには舌を巻かせられる。

軽快な靴音が近づいてきた。

誰かがメリダの背中に飛びついてくる。

「リ～タちゃんっ」

その親愛なる指先。体温。そして艶っぽい声にメリダは驚きながら振り向いた。

「あれっ？　ミウ！」

落ち着きなく視線を往復させて、幼き黒水晶のちいさな姿を確かめる。

肩の後ろで悪戯っぽく笑う親友へと、メリダも笑い返した。

「いつの間に大きくなったの？」

ミュールも負けじと言い返してくる。

「ついさっきね」

公爵家の姉妹たる彼女もまた、メリダたちと同じように白装束を身にまとっていた。

ミュールとは昨日、矢間を出るときに引き離されたきりなのだが……。

そこでメリダは気づく。そのプライベートビーチにはそこかしこに先客の姿があった。

誰も彼もが、色取り取りにして、浮世離れした空気感。

その中には、おおなんと、地面に引きずるほど長い金髪をした美女もいるではないか。

いわく、神秘のティンダーリアの民を束ねる金色の奥方――

彼女もこちらに気づき、真意を見透かすようなまなざしで、微笑む。

メリダは思わずかしこまった。ミュールは歌うように言う。

「わたしは奥さまに誘われてきたのよ。みなさま、善い方たちばかりだわ？」

そこでハロルド女史が、他人事みたいに口を挟んできた。

「ティンダーリアの民は、普段はあまり自分たちの居住区から出ないんだけれど、このビーチは気に入ってもらえてるみたいでね。週に一度、欠かさず来てくれるのよ」

その声音は、あまり内心を窺わせなかったけれど――

メリダは気づいた。ハロルドがこのビーチでの水浴びを「とても重要」と言った理由。そこにメリダたちも招待した理由――なんとなれば、こもりがちだというティンダーリアの民たちと交流が持てる、貴重な機会だからだろう。

ミュールがメリダの腕へと、自身の腕を絡める。

「早く水着に着替えましょう？　塩湖ってね、普通のビーチとは違うのよ。水浴びの作法があるんですって」

そして彼女は、奥深い笑みを見せた。

「わたしも、今日のリタちゃんたちがどんな勉強をしたのか知りたいわ？」

目と目で通じ合い、メリダは何度となく頷き返す。

ミュールと別行動になってから一日近く――

知りたいのはこちらも同じだ。お互いにとって貴重な、情報交換の時間とゆこう。

†　†　†

塩湖とはつまり、塩分濃度の高い水たまりのことだ。

その濃度がいかほどかと言うと、海水の約十倍——

塩っ辛いどころの話ではなく、その湖ではいかなる生物も生きられないのだという。

水は生命の源であるにもかかわらず、一匹の魚さえ泳ぐことはない。

そうした背景から、《死の湖》と呼ばれることもあるそうだ。

けれど、と。

講釈をするミュールは、続けて言う。

「わたしたちみたいなレディにとっては、ここは《生命の湖》なのよ」

メリダは眉をひそめた。

「どういうこと？」

「水を掬ってみて、リタちゃん」

と言うので、メリダは屈みこんで湖面に手のひらを差し込んだ。

とろり、と指先に水が絡みつく。

「わっ、なんだか不思議な感触……っ」

「でしょ？　この湖の塩分には美肌効果があるんですって」

「び、美肌……」

見れば、プライベートビーチのそこかしこでは女性たちが思い思いにくつろいでいた。湖面に体を浮かせて流れに身を任せている者、チェアで陽射しを堪能している者、それ以外にも――浜辺に数人で固まっている集団は、何をしているのだろうか？

ティンダーリアの民たちが、このビーチにだけは足繁く通う理由が分かったような気がした。なるほど、浸かるだけで肌が磨けるとあらば、来ないわけにはゆくまい。

ミュールがメリダと腕を絡めてきた。

お互いに、すでに更衣室で水着に着替えて準備万端である。

「リタちゃんたちが来るのを待ってたんだから。ほら、こっち」

「う、うんっ」

ミュールがスキンシップ好きなのはいつものことだけれど、水着だろうと下着姿だろうとそれは変わらないのだから、メリダは翻弄されっぱなしである。

だけど、いつも以上に距離が近いような……？

エリーゼとサラシャ――ともに水着姿の姉妹たちも、首を傾げながらあとに続く。

幼き黒水晶は、同じ顔立ちをしたミュールを警戒しているのかもしれない。サラシャの陰にひしっ、と隠れたまま、ミュールの背中から目を逸らさなかった。

一行のしんがりにはシルマリルだ。ビーチには彼女を含めて数人の託宣人が、あたかも侍女のごとくティンダーリアの民のそばに控えている。

託宣人たちは辞書を小脇に抱え、頑として白装束を脱ごうとしない。

……間違いなく、監視の意味合いもあろう。ティンダーリアの民たちはこの憩いの時間においても、決して自由の身ではないのだ。

さて、ミュールがどこに案内してくれるのかというと、浜辺の一角だった。なにやらこんもりと泥が盛られて小さな山になっている。

これが何かと言えば、まさに浜辺の土を盛った、そのものなのだとか。

「座って、リタちゃん」

と促されるままに、メリダは砂浜へとお尻をつける。

するとミュールは泥の山を手のひらで掬い、それをメリダの背へと塗りたくり始めた。

「ひゃあっ。な、なになにっ？」

ミュールはカンバスを染めるかのごとく、メリダの白い背に手を滑らせる。

「塩湖の水と同じで、この泥も美容成分の塊なんですって。こうしてお肌を包んで、陽射しを浴びながらリラックスして、湖に入って泥を落として、また塗って――ビーチから上がる頃には、すっかり美しさに磨きがかかるらしいわよ？」

ミュールは小さく舌を出す。

「……って、奥さまたちのやり取りを、託宣人の方から聞いたの」

なるほど、これが塩湖を楽しむ作法というわけだ。

そうと分かれば、話を聞いていたエリーゼも指先を蠢かせながらサラシャににじり寄るのである。

「サラにはわたしが塗ったげる。おっきな《桃》をデコレーションして……じゅるり」

「エリーさん!? 手つき！ 手つきが怖いですっ！」

メリダとしても、ちょっぴり気恥ずかしいのが正直なところだ。

「ねえミウ。わたし、自分で塗れるわよ」

けれどもミュールは、するりと腕を回してきてメリダの体を逃がさない。

「恥ずかしがることはないわ？ 周りをご覧なさいな」

言われる前から気づいていたのだけれど、砂浜のそこかしこに集っている女性たちは、お互いに泥を塗り合っていたのである。ハロルド女史がこのビーチを「女風呂」と呼んでいた理由が分かった。水着さえ申し訳程度の存在なのだろう。

上半身をすっかりさらして日光浴しているひともいて、メリダは頬が熱くなる。

「なんだか、体を洗ってもらってるちいさな子供みたい」

しかし、当の《ちいさな子供》たる幼き黒水晶は、何も気にせず湖の水と戯(たわむ)れていた。

気を紛らわせるに限る！　メリダはされるがままでいながら、話を切り出した。

「ミウ。わたしたちが今日、見聞きしたことを教えてあげる」

ミュールのほうとて、メリダたちの得た情報に興味があろう。

メリダは今日の出来事を振り返りながら、なるべくつぶさに語った。

それでもときおり、不自然に言葉が詰まる。

なにしろ、すぐ傍(かたわ)らでシルマリルが耳をそばだてているのだ……異邦人のメリダたちはまだ疑われている。聞き咎(とが)められれば一気に立場が悪くなりかねない。

ミュールは短く問うてきた。

「クーファせんせのお体は？」

なんの気兼ねもなければ、彼の素性についても言及するところなのだけれど――

メリダも最低限のことしか教えてあげられない。

「今はぐっすり眠ってるわ」

ミュールは「そう」と呟(つぶや)いて、なにやら考え込むようなまなざしになった。

メリダの背に、ぺちんと手を弾ませて、こんなことを言う。

「はい、背中は終わり。次は前ね」

えっ？　とメリダが思わず振り向いたのも、束の間。

ミュールは膝立ちで前に回り込んでくると、またしても泥を掬って、こちらの肌に塗りたくり始めた。水着に隠されていない肩やお腹、華奢なボディラインを隅々までなぞる。

さすがにメリダも頬を赤くしてしまう。

「ま、ま、前は自分で塗れるってば！」

「遠慮することはないわ？」

ミュールは正面からにやりと笑う。

なにやら意味ありげに――

「このほうがお話しもしやすいし」

そう言って、こちらが口を挟む間もなく、話題を変えるのだ。

「わたしも興味深いお話を知ったの。――ねえ。リタちゃんたちは、ティンダーリアの奥さまたちがどういった立場なのか知ってる？」

「え？　ええと……」

ハロルド女史から教わった話だ。元々は特異な少数民族だったものの、その実、神代と呼ばれる創世期の末裔だということが明らかになり――

そこまで口ずさんで、メリダは「あれ？」と言葉に詰まった。

表情の変化を察したのか、ミュールは小刻みに頷く。

「それじゃあ、そんな奥さまたちがどうして今、このバルニバビルで暮らしているのかしら？　──簡単よ。連れてこられたの」

声に強い感情が灯(とも)る。

「無理やりにね」

「えっ……!?」

「奥さまたちは故郷の森で慎(つつ)ましく暮らしているだけだった。けれどそこにバルニバビルの使者が訪れたの。『太陽の死を回避するために、神代の力を借りたい』ってね。ティンダーリアの民は初め、断ったそうよ。『時を経てすでに末代となった我らに、大それた力はない。ただ穏やかに暮らしたいのだ』……って」

ミュールの手のひらに、やりきれない思いがこもるのが分かった。

「……そうしたらバルニバビルは、どうしたと思う？」

メリダの唇が無意識に震えた。「まさか」と。

ミュールは目線を落としたまま頷いた。

「兵(スティグマ)を差し向けたの。抵抗した者は殺し、か弱い奥さまたちは連行された。彼女らの故郷を焼き払って帰れる場所をなくして……今ではこの塔に閉じ込められてる」

メリダは言葉を失う。ミュールが軽く唇を噛むのが見えた。

「金色の奥さまはね？　ティンダーリアの族長の家系だったのよ。族長さまは最後までバルニバビルに抗ったらしいわ。けれど彼も、彼と奥さまの子供も、見せしめのように殺されてしまった……。でも、なにせバルニバビルの研究は世界的なプロジェクトでしょう？　誰もがこの非道な行いを正当化したわ」

痛々しい声音で、言い切る。

「彼女らの味方はどこにもいないの」

そこで金切り声が割って入ってきた。

託宣人のシルマリルだ。

「それは間違っています‼」

メリダはミュールと、激しくまくし立てるシルマリルとのあいだで視線を往復させる。

「ティ、ティンダーリアの民は流行り病で滅びかかっていたんです！　それをバルニバビルが保護したんです！　へ、兵を出しただなんて、いったい誰が、そんな……っ！」

ミュールは冷たく彼女を見つめ返した。

「ええ。もちろんこんなこと、大っぴらにはできないでしょうね？」

「……!!」

シルマリルは顔を真っ赤にして、鼻息も荒く身を翻した。

その背中が遠ざかってゆく——

彼女はこの事実を知らなかったのだろうか？

あるいは知っていて、目を背けていたのだろうか……。

ミュールは口を閉ざし、黙々とメリダの肌に泥を塗る。

ミュールもずいぶんとらしくなかった。それだけティンダーリアの同胞に入れ込んでいるということだろうか。メリダは普段とは違う親友の表情が気にかかる。

「ねえ、ミウ……」

ところがミュールは、目線を落としたまま鋭く言った。

「気づいて、リタちゃん」

えっ？　とメリダは口を開ける。

何に気づけと言うのだろうか？

ミュールはこちらと目を合わさずに、じっと、メリダの肌を見ている。

彼女の左右の手のひらが忙しなく躍って、泥を広げている。

その繊細な指先が、ピクシーを指揮するかのように跳ねた。

メリダはようやっと、はっ、と息を呑む。

――文字を書いてる⁉

ミュールはカンバスのような白い肌に泥を広げ、そこに文字を、つまりはメッセージを残しているのだった。電撃に撃たれたかのようにメリダの神経が目覚めた。ミュールがいつも以上にスキンシップしてきた理由はもとより、シルマリルにやたらと攻撃的だった違和感にも合点がゆく。

そのときになってメリダは知るのだ。

ビーチには少なからぬ数の託宣人が配置されて、ティンダーリアの民に目を光らせている。そして幾人かのティンダーリアの民は浜辺でひと塊になって泥を塗り合っている。入れ代わり立ち代わり……交わす言葉こそないが、彼女らの目配せも今のメリダには意味ありげなものに見えていた。

ティンダーリアの民たちはこの塔に監禁されているという。

言動の不自由さは今のメリダたちと大差あるまい。

そんな彼女らが、託宣人に咎められずに真意をやり取りする手段が、こうしたスキンシップなのだ。ミュールは同胞たちの仕草からそれを察したに違いない。シルマリルを遠ざけて、メリダたちに秘密のメッセージを伝えようとしている……！

メリダの表情の変化に、ミュールも気づいたようだった。顔を振り向ける。

「サラちゃんとエリーちゃんも手伝って頂戴」

背中に文字を書いては託宣人にも勘付かれる。よって、体の前というわけだ。

そばに寄ってきたサラシャとエリーゼは、ミュールが何をしているのかすぐに理解したようだった。前と左右からメリダを取り囲み、三人がかりで泥を塗るふりをしてメッセージを隠す。ミュールはよりいっそう筆が乗ってきた様子だ。

三人分の手のひらに翻弄されるメリダは、たまったものではないのだけれど。

「ま、まだ？」

ミュールはぴしゃりと言い返してくる。

「まだよ。念入りにね」

不自然ではいけない。なおかつ、なるべく時間を稼がなければならない。左右のエリーゼとサラシャは、それこそ隙間なく、メリダの腋（わき）からうなじにかけて丹念に指を這（は）わせてきた。その陰では、ミュールがメリダのお腹に芸術的なスケッチをしている。

いかな仲良し四姉妹といえど、さすがにシルマリルが訝（いぶか）しげな表情で戻ってきた。

「み、みなさまは本当にただのご友人同士なのですか……？」

ミュールは当たり前のような表情で言い返す。

「あら、ティンダーリアの民についてもっと教えてくださるの?」

「……っ」

シルマリルは唇を噛んで、またきびすを返した。

今のうちである。あまり時間を掛けては彼女以外の託宣人にも目を付けられてしまうかもしれない。ところがそこで、ミュールは「うっ」と軽く唇を噛んだ。

左右の手のひらの動きが、止まる。

下腹部まで及んでいた手が、それ以上の行き場を失っているようだった。

メリダも、エリーゼも、サラシャもすぐに察した。伝えるべきメッセージが長すぎて書ける場所がなくなってしまったのだろう。初めに大きな文字で書き始め、文末につれて余白がなくなるという、ノートを取る学生ならば誰もがやりがちなミスだ。

羊皮紙であれば新たな一枚を足せばよい。

しかし今ばかりはそういうわけにはいかない……。

ど、どうするの? とメリダは視線で問うた。

ミュールは唇をきゅっ、と噛み、それからなぜか、ごまかすように笑った。

「ええと、ここ、お風呂(ふろ)と同じようなものだから」

「えっ?」

「ぜんぶ脱いでいる方もいらっしゃるし、ちっとも恥ずかしくなんてないわ？」

メリダが瞬間的に、嫌な予感を覚えた直後だ。

ミュールの泥だらけの手が、メリダの水着のトップスをむんずと摑んで、ずり上げた。

わずかな抵抗を見せた左右のバストが、ふるん、と揺れながら零れ出る。

メリダは懸命に悲鳴を抑えた。

とっさに庇おうとした左右の腕は、しかし両隣からエリーゼとサラシャに止められる。

ミュールの意図は皆がすぐに分かった。どうにか書くスペースを捻出しようということだろう。ただでさえ華奢なメリダのボディである。腹部はすっかり泥に濡れていた。

ほかに余っているスペースと言えば……。

胸の周りしかない、という判断だ。

確かにこのビーチには女性しかいないけれど。お風呂のように裸で湖に浮かんでいるひともいるけれど……！　友人たちはきちんと水着を着ているのに自分だけ裸をさらしているというのは、ひどく場違いのような羞恥心が湧き上がってくる。

ミュールはあらためて左右の手を泥に浸し、陶芸家のごとく唇を舐めた。

「サラちゃん、エリーちゃん、少しそのまま押さえておいて頂戴」

黒曜石めいた瞳がきらりと光り、真っ白なカンバスをねめつけた。

この四姉妹なら裸の付き合いも当たり前とはいえ……やはり自分ひとり、という状況がメリダを切なくさせる。なぜ、無抵抗で胸を差し出さなければならないのか――

やはり時間との勝負だった。ミュールは遠慮なく手を触れさせてくる。

メッセージを残すためにはまず泥を広げなければならない。ミュールは泥を掬(すく)っては塗り、白い肌をチョコレート色に染めていく。左右のささやかなバストが、ミュールの華奢(きゃしゃ)な手のひらにぴったりと包まれた。指が生き物みたいに動いて入念に揉(も)み込んでくる。

メリダは漏れ出そうになる声を抑えるのに懸命だった。前方は身を乗り出してくるミュール。左右はごくり、と喉を鳴らすサラシャとエリーゼがうまく隠してくれているが、それはつまり、友人たちはばっちり注目しているということである。

……いつの間にか、幼き黒水晶が湖から引き上げていて、四姉妹の行いをしげしげと観察していた。メリダはたまらず理性的な声を上げる。

「ミ、ミウっ、ちいさい子の教育上、あまりよくないと思うの！」

一方のミュールは、ここからが本番、と言いたげな面構(つらがま)えである。

「最後がいちばん大事なの」

どうしてもメリダたちに、伝えたいメッセージがあるらしい。

ミュールは熱心な態度で、メリダの肌に指を滑らせた。肌、というか、ごまかしようもなく胸である。メリダの背筋に、不具合を起こしたロボットめいた細かな刺激が跳ねた。繊細な指先が起伏のなだらかなバストを隅々までなぞり、チョコレート色の軌跡を引く。

一切の妥協を許さない職人のように――

そのタッチがいかにも慈しみに満ちていたので、メリダは声を抑えるのも限界だった。

「ミウっ、わざとやってない⁉」

ミュールは、ぺろっ、と小さく舌を見せる。

「ちょっとだけね。――はい、おしまい」

「あンっ」

健気なさくらんぼが、ミュールの指にちょんっ、と押される。

ミュールは、ようやっと言伝を終えたらしい。満足した様子で体を起こした。

軽やかに身を翻す。

「もう行かなくちゃ。じゃ、またね」

先んじて水浴びを楽しんでいたティンダーリアの民は、引き上げるのもひと足先に、ということだろうか。

翻弄されっぱなしのメリダはもはや、息も絶え絶えである……。

傍らのサラシャのほうこそが顔を真っ赤にしていた。メリダはもはや羞恥心が振り切れたような心地で、水着のトップスを自分でたくし上げながら友人たちへと向き直る。

「ううぅ～……な、なんて書いてある？」

「え、ええと」

さらにここから、エリーゼとサラシャにバストをじっくり観察されなければならないという辱め（はずかし）が待っているわけだけれど――

サラシャの発したひと言で、一気に理性が目覚めた。

「『ミス・シーザ』……」

はっ、として、三人で顔を見合わせる。

エリーゼたちはいっそう身を乗り出して、メリダの肌へと鼻先を近づける。

幼き黒水晶は、実に不思議そうにその光景を見ていた……。

やがて、声が掛けられる。託宣人のシルマリルだ。

いよいよ不審そうなまなざしで。

「あ、あなたがたは何をやっているのですか？」

メリダは急いで水着のトップスを戻し、三人の集会を解散させた。自分の手で泥をかき混ぜてメッセージを塗り潰しつつ、そのまま湖へとダイブだ。

チョコレート色の証拠は、水に溶けて流されてゆく――

もうめったなことは話せなかった。しかしもう充分に意思疎通は済んだ。メリダ、エリーゼ、サラシャは湖に浮かびながら、神妙に目配せをして頷く。

ミュールからのメッセージは、三つだった。

ひとつ。『シーザさんを見つけた』

ふたつ。『これから居どころを突き止める』

『それから――』と、三つ。

『《わたし》の言うことを聞いてはだめ』

† † †

どういう意味だろうか？ と、メリダはビーチを上がってからずっと考えていた。

『見つけた』、にもかかわらず『居どころ』がまだ判明していないとは？

かろうじて予想がつくのは三つ目のメッセージだ。

『《わたし》の言うこと』とは、ミュール本人を差すのではないだろう。

五千年前の彼女だ。この古代でティンダーリアの民と呼ばれている、幼き黒水晶――彼女の言うことを聞いてはいけない、とミュールは忠告しているのである。しかし聞くなと言われても、そもそもメリダたちにはネピリム語が理解できないわけで……。

ミュールは今、ティンダーリアの民たちと行動を共にしている。何か独自の真相を手にしたのかもしれない。しかしそれを打ち明けたくとも言動が制限されていて……。

気兼ねのない状況ならすべてを伝えてくれていただろう。それができないのならと、ミュールが厳選したのがこの三行なのだ。メリダたちはその意図を読み取かなければ。

――こういった難題に取り組むときは、やはり尊敬する師を頼るに限る。

なんとも嬉しいことに、クーファは日暮れとともに目を覚ましてくれた。つまりは、太陽が輝きを収め、地上に闇が落ちるのと入れ替わりに、だ。

なんてことはない。夜に生きる魔物の、当たり前の生活スタイルのように。

ベッドから起き上がることも、なかなかつらそうだったけれど。

「申し訳ございません、お嬢さま」

と、クーファはもどかしそうに謝ってきた。

メリダはあえてランプも点けず、彼のベッドのそばに付き添っている。今はふたりきりだ。エリーゼとサラシャは私室にて、幼き黒水晶を寝かしつけてくれているはずである。

目付け役のシルマリルは――扉の外。よって互いに控えめな声だった。

「こんな肝心なときに体がままならないとは……」

握られた彼のこぶしに、メリダはそっと手を重ねる。

「なんのためにわたしたちがついてきたと思ってるんですか？　先生、おっしゃってたじゃありませんか。『学びにきたんだ』って」

メリダたち未来人の目的は、見るだけ。歴史の証人となること、それだけだ。

メリダはむんっ、と薄い胸を張る。

「それぐらいなら、わたしたちにだってできますっ」

「しかし――」

クーファは心配が尽きないといった様子だった。

メリダは話題を変えるために、大きな窓へと顔を向ける。

すでに夜中の時間だが、空はほのかに明るかった。なんとなれば、《天井》には砂粒のような光がちりばめられているのである。暗闇にまたたく一途な光――なんという心安らぐ光景だろうか。

悩みの一切合切が、夜風に攫われて消えてしまいそうである。

クーファも同じものを見ているのを察して、メリダは言った。

「あの光を《星》と呼ぶそうです。その正体は、地表の反対側にある街々の灯り……なんだとか。それから」

クーファに触れているのとは逆側の手で、空を指差す。

「真ん中のひときわ大きな光が、《月》」

その球体は、昼間は《太陽》と呼ばれていた。

活動の時間帯によって呼び名が変わるのである。空洞の世界の中心に浮かぶその月は、太陽と呼ばれる昼間ほどは明るくなかった。いつまでも見続けられそうだ。

……こうして直視してみると、《月＝太陽》の周りに何かが浮かんでいることに気づく。円環だ。それが何重にも。緩やか、かつ規則的に回転している。なるほど、古代の人々は太陽が人工物であることを突き止めたそうだが、言われてみると円環の回転運動は、いかにも規則的である。

あれはなんのための装置なのだろうか？

否(いや)、太陽＝月の規模を考えると、《施設》と呼んだほうがよいのかもしれない……。

メリダは己の分かっている限りのことをクーファに教えるしかできない。

ほとんどハロルド女史の受け売りなのだけれど。

「あの球体は一日の半分を太陽として、もう半分を月として活動するように設計されているんですって。月のあいだは氷点下の極寒のなかで必要な物質を作り出して、太陽のあいだにそれらをぶつけ合うことで光と高熱を発生させている――」

それがこの世に、《昼》と《夜》の概念をもたらしているというのだ。

だけど、と。メリダはハロルド女史の真似のように、かぶりを振る。

「最近はそのエネルギーを生み出す効率が、老朽化のせいでどんどん悪くなっていて、そのせいで夜の時間が長くなっているんだ……って、ハロルドさんはおっしゃってました」

彼女の苦悩を味わったかのように、メリダも唇を噛む。

「もし、一日のうちで《太陽の時間》が完全になくなってしまったら――」

「お嬢さま」

と、クーファの手に力が込められた。

メリダの手のひらがくすぐったくなる。メリダは目を落として、そこにクーファが、指で文字を書いているのに気がついた。ミュールから教わった内緒話の方法を、クーファはさっそく実践しているのである。

古代の人々の耳には入れられない話――

クーファの指はこう伝えてきた。

『お嬢さま。これからこの古代の世界で、何が起こるかお分かりになりますか？』

メリダはベッドに深く腰掛け、クーファへと身を預ける。

ちっとも不自然じゃないわ、というのをシルマリルと自分への言い訳にしつつ、彼に熱っぽく腕を絡めるのだ。そうしてさりげなく、彼の手のひらに想いを描く。

長い文章を書き終えて、指先は少し赤くなっていた。

『きっと、バルニバビルの計画はどれもうまくいかないんだと思います』

クーファは黙ったまま、小刻みに頷く。

疑う余地はないだろう。世界の終焉を乗り越えるための計画は、そのすべてが失敗に終わるのだ。結果、太陽は死に、この閉じられた世界には闇が満ちて、メリダたちのよく知る五千年後の光景へと至る――

クーファははっきりと肯定していた。

もういちどメリダの手のひらに文字を書く。

『そして我々は、それを見届けなければいけません』

彼のまなざしは強く、そしてひたむきだった。

『見ること以外に、してはなりません』

メリダははっ、と気がついた。

クーファがなぜ心配を拭えないのか……それはメリダたちのためだ。メリダたち未来人は歴史に手を加えてはならない。ハロルドらを手助けしてはいけない。これから彼らを待ち受ける滅びの運命を、ただ黙って見届けることしかしてはいけない。

つらいだろう。

とっさに、手を差し伸べたくなってしまうのではないか……。

メリダには自信がなかった。

そこで再三、はっ、と気づいたことがあった。やや焦り気味に、クーファの手のひらに指を滑らせる。

『もしかしてシーザさんは、滅びの歴史を変えようとしているんじゃないでしょうか？』

クーファはすでにその可能性を考えていたらしい。苦々しそうに頷く。

シーザ秘書――というより、彼女の慕うクローバー社長は、太陽の君臨する蒼い空を見ることが望みだった。そのために残り少ない命を費やし、まさしく命と引き換えに『ひと目』の願いを叶えた……。

もしも彼がそのような願いを持たなければ、もう少し長生きができていただろう。否、そもそも実験で事故に巻き込まれることもなかったかもしれない。すべては、五千年後の世界では太陽が失われているために――

もし五千年後にも、太陽が健在であれば。

クローバー社長は死なない。事故に巻き込まれることもない。

ランカンスロープも生まれない。国家を揺るがすような犯罪組織などお払い箱！

シーザ秘書は晴れ晴れとした身で、もういちど彼に巡り逢える。

それはどれほど、彼女にとって甘美な夢だろう……。

阻止、しなければならないのだ。

クーファが痛ましい表情になるのも、さもあらん、である。

メリダの手のひらに彼の指先が這う。

『金色の奥さまも、オレたちに期待したのかもしれません』

メリダは小首を傾げる。クーファは続けてメリダの手をくすぐってきた。

『ティンダーリアの民が囚われの身であるというのなら、オレの剣術を当て込んで、解放してほしいと。そのためにオレたちを味方につけようとしている。しかし』

と、やはり彼の指が強張る。

自分たちが本来、歴史のこの時間に存在しないと考えた場合。

クーファの指がゆっくりと滑る。

『彼女らには犠牲になってもらうしか――』

そこでメリダは、彼の手に自分の手をかぶせて、止めた。

彼の胸に寄り添う。

言葉も文字も必要ない。
それでも伝わるものはあるはずだ。
メリダの耳もとで、彼の心（ハート）が確かに傷つき、悲鳴を上げているのだから――

古代世界の夜は明るい。
窓から差し込む月明かりが、重なるふたりのシルエットを浮かび上がらせていた。

LESSON：V　～永遠の空を求めて～

エドガー氏の私室には確かに昨日、訪れたけれど――

彼の本来の研究室というのは、地面の下にあった。要するに塔の地下だ。この古代世界へとやってきてから三日目。午前中――太陽のまだしも元気のある時間。メリダたちが案内に従って地下室へと赴くと、エドガー氏はすぐに出迎えてくれた。

人懐っこい笑顔が整備用の油で汚れている。

「やあきみたち！　来てくれたんだね！」

そして目の下に少し隈ができていた。サラシャはおそるおそる問う。

「エドガーさま。もしかして寝ていらっしゃらないんですか……？」

「いやあ、熱が入っちまって」

黒い油のついた手で髪をかく。

その声は確かに、活力に満ち溢れていた。

「なんせ、僕の研究って興味を持ってもらえることもめったにないからさ。あれもこれも紹介しようって張り切ってたらもうこんな時間に――でも、おかげで準備は万端さ！」

「さっそくツアーを始めよう。参加者はいち、にの、さんの……おや？」

そこで寝ぼけまなこのエドガー氏はようやっと気がついたようだった。

昨日とはメンバーの顔触れが違うことに。

まずはメリダ、エリーゼ、サラシャの、いわゆるフランドール学生組。

それからちびミウこと、幼きティンダーリアの少女。

さらに残りのひとりは——

ハロルド女史だった。

エドガー氏は目をこすりそうになる寸前で止めて、代わりにかぶりを振る。

「ハ、ハロルド？　なんできみが？」

「あによ、文句あるの？」

立場的にふたりは同じ十賢人(じゅっけんじん)で、同志のはずである。

エドガー氏はメリダたちへと問うてきた。

「あの託宣人(たくせんにん)の子は、ツアーには参加しないのかい？」

メリダは頷(うなず)いて応える。

なんのことはない。ハロルド女史に「今日の予定は？」と聞かれてエドガー氏との約束のことを話したところ、彼女も自身の研究を切り上げて同行を申し出たのである。

メリダたちに付き人がついているのは、監視の意味合いが強い。

よって、監督者のハロルドが居るのであればと、シルマリルには今日は暇が出されたのである。……ちなみにクーファは、やはり太陽が明るく輝き出すのと入れ替わりに、また体力を失ってしまった。無理もあるまい。今はメリダが彼の目の代わりとなり、この手足でもって、彼の意志を遂げればよいだけだ。

よってメリダたち学生組に、引率といった風情（ふぜい）のハロルド女史という顔触れ――

エドガー氏は一転、ややバツの悪そうな表情になった。

「ハロルドも一緒かあ……なんだか調子が狂うなあ」

ハロルド女史はそんな彼と肩を組む。性差を意識させない距離感だ。

「あなた、ちっとも手の内を見せないじゃない。どのくらい研究が進んだのかこの機会に確かめてやろうと思って」

エドガー氏はやや押されがちだった。

「見せる相手を選びたいんだよ」

バルニバビルの身内ゆえ、気恥ずかしさがあるのかもしれない。

ハロルド女史は、お構いがなさそうだったけれど。

ツアーの案内人よりも先に、メリダたちを地下室の奥へと手招く。

「さっそく出かけましょ？　めくるめく地底世界にごあんな〜い！」

とぼとぼと肩を落とすエドガー氏だ。

「それ、僕の役目なのに……」

徹夜で考えたプランに早くも狂いが生じてきた様子である。

地下室の奥にはエレベーターがあった。さらに地底へと向かうらしい。はたしてエドガー氏の研究内容とはなんなのだろうか……好奇心を胸にメリダたちがエレベーターに乗り込むと、鉄柵がスライドして固く入口が閉ざされる。

がしゃん、と揺れて、降下し始めた。

一行を乗せた箱は、ほの暗い闇の底へと向かう……。

幼き黒水晶は、サラシャの腰にひしっ、と縋りついた。

けれど、すぐに怖くはなくなったはずだ。なにしろ明るいのである。地下深くへ潜っているはずなのに、その足もとから光が湧き上がってくる。あの輝きはいったい……？

照明ではなかった。岩だ！　周囲の岩壁が光を放っている。岩肌に血潮が通っているかのように、赤く、熱く、燃えるような光が地下空間を染めている。メリダは不思議な錯覚に見舞われた。巨大な怪物に呑み込まれ、その体内を探検しているかのような気分だ。

焦げたような匂いが漂っている……。

エレベーターは軋みながら減速し、やがて終点まで下りきって、止まった。

エドガー氏が先んじて降り、女子たちを導く。

「ここからは道なき道さ。トロッコに乗って地下をぐるっと一周してこよう」

たしかに。地面はごつごつと隆起して歩くのも大変そうだ。その代わりに二本のレールが敷かれており、トンネルの果てしない向こうまで続いている。この地下空洞は天然のようだ。天井から垂れ下がる鍾乳石は長い年月を想像させた。

年季の入ったトロッコが乗客を待ちわびていた。エドガー氏が先頭の操縦席へと乗り込む。二両目からは簡素なシートの置かれた客車になっていた。ハロルド女史とメリダたちは、進行方向を向いておっかなびっくり客席に収まる。

硬い椅子に、ハロルドは皮肉を零していた。

「素敵な馬車ね」

エドガー氏も後頭部で負けじと言い返す。

「見どころは景色だよ。さあっ、摑まっててくれたまえ！」

トロッコが動き出した。

巨大生物の体内じみた、赤熱するトンネルへと滑り込んでゆく。

バルニバビルの地下にこのような空洞があっただなんて……！　レールはところどころで分岐しており、まさしく地下迷宮の隅々にまで張り巡らされているようだ。放置されているトロッコが見える。工具が満載だ。自分たち以外、ひとの気配がないが……メリダはエドガー氏の後頭部へと問いかけざるを得なかった。

「エドガーさまは、ここでどのような研究をなさってるんですか？」

彼は、なぜか少し言い淀んでいるようだった。

こちらを振り返らないまま、答える。

「――《宇宙》さ。僕は宇宙に出る方法を探している。それが僕の生涯を懸けた研究だ」

メリダとエリーゼ、サラシャは思わず顔を見合わせた。

宇宙、という言葉にだけは聞き覚えがあったからだ。未来のフランドールにはビブリアゴートなる迷宮図書館がある。その最上層、最重要区画が宇宙という名を冠していた。

そう名付けたアルメディア＝ラ・モールいわく、古文書に《宇宙》なる単語を見つけ、その響きにただならぬ縁を感じた彼女は、自身の研究室の名前に割り当てたのだとか。

この古代において、《宇宙》とは本来、どのような意味を持っていたのだろう？

メリダたちが黙りこくっていると、講釈をしてくれたのはハロルド女史だった。

「宇宙ってのはね、世界の《外側》のことよ」

人差し指を、空気をかき混ぜるように振る。

「昨日教えたことを覚えてる？　この世界が創られた神代のこと——」

「は、はい……っ」

「神々はこの世界をお創りになり、そしてどこかへと去った。——どこへ去ったんだと思う？　この問題はこんにちまで何人もの学者が脳みそを絞っているけれど、誰にも答えが出せていないの。ティンダーリアの民は、神が実在したという痕跡、神代の枝葉に過ぎないと考えられているわ。その血筋の本流が、この世界からは忽然と消え失せているのよ」

賢者の言葉はときに、ネピリム語よりも理解がしがたい——

メリダたちは目をぐるぐると回しながら、話についていくのが精いっぱいだった。

ハロルド女史は一方的にまくし立てている。

「いくつかの仮説が立てられているくらいよ。そのうちのひとつに《宇宙》っていう考え方があるの。この丸く閉じられた世界の、地面のずぅっと下には《出口》があって、そこから外側へと繋がっているはずだ——っていうね。その誰も見たことのない、神々が去ったと考えられる世界の外側が、《宇宙》と呼ばれているわけ」

エドガー氏が、操縦桿を握りながらがっくりと肩を落とした。

「その話……僕がしようと思ってたんだよなあ……」

ハロルド女史は手を伸ばし、彼の後頭部を軽くはたいた。

「あんたが黙ってるからアタシが話してるんでしょうが」

エドガー氏はやりきれなさそうにかぶりを振って、ぼやいた。

「宇宙の話は、あんまり学者仲間にはしたくないんだ。荒唐無稽な研究分野だって思われてるからさ。なんせ、科学的な根拠が薄すぎる」

どちらかといえば創作の分野だと、嘲笑(あざわら)われることも多いらしい――けれど、エドガー氏は進行方向を見据えて言うのだ。

「僕の伯父もそうだった。私財を投じて宇宙を探す彼のことを、故郷のみんなが馬鹿にしていた。僕の父さんや母さんもね。でも僕は、伯父さんの聞かせてくれる未知の世界の話が好きだったよ」

そこで声がわずかに掠(かす)れるのが、メリダにも分かった。

「伯父さんは宇宙を探す何度目かの探検に出かけて、それっきり帰ってこなかった。彼を捜しもせずに、葬儀はすぐ行われて……どうしてかな。僕の手もとには、伯父さんの研究日誌が一冊だけ残った。僕には分からなかったんだ。どうしてみんな、示し合わせたみたいに、彼のことを見て見ぬふりするんだろう、って」

そこで話は途切れた。

車輪がレールを噛む音が響き、ややあって、ハロルドが問う。

「どう？　あなたの研究は」

エドガーはきっぱりと首を左右に振る。

「芳しくないね。あちこちの地面を掘り返してもらってるけど、報告は決まって――」

そこで、メリダたちの存在を思い出したかのように、一度だけ振り返る。

「地面の遥か下層にはね、もの凄く硬い岩盤があるんだ。どんな刃だって受け付けやしない。そこが今のとこ、世界の果てだって考えられてる。《最果ての石層》って言うのさ」

その言葉も、メリダたちも聞いたことだけはある。不思議な感覚だ。ずっと空白だったパズルのピースがぴったり嵌まったかのように、爽快感さえ覚える。

エドガー氏は再びハロルド女史に意識を向けていた。

「めぼしい場所は全滅さ。『最果ての石層のどこにも穴はない』って。だけど僕は諦めちゃいないよ。いつか必ず、伯父さんの言っていた宇宙への出口を見つけ出して――」

がこんっ、とトロッコが揺れた。

急にブレーキが掛かって、座席から転げ落ちそうになった幼き黒水晶をサラシャが抱き留める。

エドガー氏はシートベルトを外して操縦席から降りた。

「おかしいな」

トロッコの脇へと屈み込むが、なかなか異常の原因が見つけられないようだ……。

ハロルド女史がこれみよがしな声音で文句をつける。

「ちょっと運転士さぁ～ん？　これじゃせっかくのツアーが台無しじゃないの」

「こんなはずじゃないんだよ」

エドガー氏は立ち上がり、忙しなくシャツで手を拭う。

「ヘンだな、しっかり点検しておいたのに。どうして止まっちまったんだろう……」

トロッコが動かないことには、戻ることも進むこともままならない。

メリダは客車から顔を出した。

「えと、塔と連絡は取れないんですか？」

エドガー氏は、実に困ったように苦笑する。

「連絡室に行けば取れるんだけどね……」

それじゃあ、さっそくトロッコで連絡室へ――などと堂々巡りしている場合ではない。

広大な地下空洞のど真ん中で立ち往生である。メリダたちはすでに、方向感覚さえなくなっていた。エドガー氏はおとがいに指を当て、考え込んでいる。

「地下への動力伝達系がおかしくなってるのか？　だとしたらエレベーターも動かないか

もしれないな……」

　割と深刻な状況ではなかろうか……。

　幼き黒水晶などは、言葉が通じていないぶん不安もひとしおだろう。年上の皆の顔を順繰りに見上げている。メリダたちも、黙りこくるしかない。

　エドガー氏は沈黙に気づいて、わざとらしく大きな声を上げた。

「大丈夫！　僕は地下のことならなんでも詳しいんだ！」

「は、はあ」

「歩いて地上に出れる道だってあるんだ。少しここから離れてるけどね」

　というわけで、トロッコ・ツアーは早くも予定変更のようだ。

　ここからはハイキングの時間である――エドガー氏はトロッコの操縦席から手提げのライトを取り出し、率先して歩き出す。ハロルド女史は肩をすくめて客車のドアを開けた。

　足もとに注意しながら降り、先導するライトの明かりを皆で追いかける。

　妙な感覚だが、メリダはふとフランドールでの暮らしを思い出した。

　幸いにして、この地下の岩壁には血管じみた赤い光が奔っているから、さほど視界に困りはしないけど。エリーゼやサラシャたちも、夜界でランタンをかざして歩いたときのことを思い出したのだろうか。顔を見合わせて笑みを浮かべる。

ふいに恋しくなるといえば——クーファは大丈夫だろうか。

ミュールも、ティンダーリアの民に交じって独自に情報収集を行っているはず。隙を窺って、また彼女と意思疎通をしたいところだ。シーザ秘書をどのようにして見つけ出したのか、クロノスギアをいかにして奪還するか……話し合いたいことはたくさんある。

メリダは左手で、幼き黒水晶の小さな手を引いていた。見下ろしたらちょうど目が合ったので、問いかける。

「寒くない？」

幼き黒水晶は、ネピリム語で答えてくる。

「フル・トゥーン・ケディムトゥン」

つんと澄ました態度だったので、メリダは彼女がなんと言ったのかなんとなく分かるような気がして、笑みが零れてしまった。

水音が聞こえてきた——

エドガー氏のライトについてゆくと、かなり広い空間へ出た。天井が高い。大きく尖った鍾乳石が一行の脳天を狙っていた。もし地震でも起きて、あれらが雨あられと降り注いで来たらメリダたちはひとたまりもないだろう。

地上へ戻るには、この道を通り抜ける必要があるらしい。

　空洞の片側は湖になっていた。地底湖だ。なにやらあぶくが立っている……。エドガー氏もそれに気づいた様子で、湖のほとりに屈みこんで手を触れさせた。

　途端、大げさに跳び上がる。

「熱っ‼」

　メリダたちは目を白黒させる。ハロルド女史も湖面に近づいて、慎重に手をかざした。眼鏡の奥で眉をひそめる。

「……今の季節って、こんなに水温が上がったかしら？」

　エドガー氏は火照（ほて）った手を念入りに振って冷ましている。

「まさか！　昨日ちゃんと確かめたんだ。《ぬるま湯》だったとも！　おかしいな、なんだって今日はこんなおかしなことばかり起こるんだ？」

　エドガー氏は赤くなった手とは反対の手で、あらためてライトをかざす。

「とにかく、早く通り抜けちまおう。間欠泉が噴いたりしたら大火傷（おおやけど）だよ」

　メリダたちの心にもいよいよ焦（あせ）りが忍び寄る。聞き慣れない言葉には問いかけざるを得ない。

「か、間欠泉？」

　ハロルド女史が、そんなメリダたちの背を押した。早足で歩きながら答える。

「地熱の圧力で湖が爆発するのよ。小規模なものだったらまだマシだけど、もしあの熱湯がこの空洞いっぱいに撒き散らされたらどうなるか、考えてみなさいな」

湖に立つあぶくの意味が分かった。メリダたちはむしろ背筋が寒くなる。

あぶくは、とある一箇所から集中して湧いているようだった。

みるみるうちに密度と勢いを増す。

それはあたかも、卵の殻が割れて産声が響くかのように——

黒いシルエットが湖面に近づいた。

メリダの背筋に直感が駆け抜け、思わず叫んでいた。

「みんな、走って‼」

湖面が爆発する。

何かが飛び出してきた。首——頭部だ。巨大な海洋生物、否、怪獣と言ったほうが正しい。四枚のヒレで水中をかき混ぜ、長い首を存分に伸ばしては天井近くからメリダたちを見下ろしてきた。たまらず、全員が足を止める。

エドガー氏のあごが外れなかったのは奇跡だろう。

「ワオ！　なんだいこいつは⁉」

この地下空間の主である彼にも見当がつかないらしい。

しかし、メリダたちは。ほかならぬメリダと、エリーゼと、サラシャにだけはこの怪物の正体が分かった。あり得ないはずの事態に思考と身体の歯車が食い違う。

怪物の双眸から迸る害意と、巨軀から立ち昇らせる瘴気は――

「ランカンスロープ!?」

エドガー氏が振り返ってくる。

「らん……ろーぷ？　それがこいつの名前なのかい？」

メリダたちはとっさに答えようがない。ランカンスロープは夜界の瘴気から生まれた魔物。まだ太陽が健在であるこの古代世界に存在しているはずがないのだ。メリダたちマナ能力者が、遥か未来の存在であるように。

ふいにメリダは、今いる場所がどこなのか現実感を失ってしまった。

しかし、怪物の眼球から放たれるプレッシャーはまぼろしではあり得まい……。

だというのに、嗚呼、エドガー氏はなんと呑気なのだろうか。新しいオモチャを手に入れた子供みたいに顔を輝かせているではないか。

「長年地下を探検してて、こんな生き物は見たことがないよ！　きっとこいつこそ、宇宙へ繋がる手掛かりに違いない……！」

異文化コミュニケーションとでも言いたげに、両腕をおおらかに広げて近づいてゆく。

「やあやあナントカロープくん、昼寝の邪魔をしてゴメンよ。僕はエドガー！　きみがいったいどこからやって来たのか、足跡を辿らせてもらってもいいかい？」

怪物は水中から前脚を持ち上げた。

握手をするために――では、もちろんない。

巨軀の圧倒的質量でもって、岸辺を殴りつける。エドガー氏は寸前で腰を抜かしたのが幸いした。足先で直撃から逃れ、しかしあまりの衝撃で後ろへ転がり込む。

そのまま地面へとずるずる崩れ落ちてしまったではないか……ハロルド女史が大慌てで鍾乳石に後頭部をぶつけて、ごつんっ、と良い音がした。

ハロルド女史でなくとも悪態をつきたくなるだろう。

彼を抱え起こす。意識を失ってしまったようだが、どこか安らかにも見える寝顔だった。

「宇宙馬鹿もたいがいにしなさいよ！」

メリダたちは呆れつつも、納得していた。どうりでエドガー氏は初対面でいかにも怪しい旅行者に友好的だったわけである。彼は未知の外世界に対し肯定的すぎるのだ……。

ハロルド女史はパワフルなことに、エドガー氏の腕を自身の肩に回して担ぎ上げた。

しかし、進むも戻るも身動きが取れない。

「こんな怪物に地下で暴れられたらたまったもんじゃないわ。天井が崩れたらアタシたち全員生き埋めよ!」

かと言って、手をこまねいていたら丸呑みにされてしまうだけだろう。

ことここに至っては、メリダたちも覚悟を決めるべきだ――

サラシャとエリーゼ、そしてメリダは決然と前に出る。巨体のランカンスロープに真っ向から立ちはだかりつつ、一度だけ肩越しにハロルド女史を振り返るのだ。

「ハロルドさまは、エドガーさまを連れて先に逃げてください」

ハロルドは、ぽかんと口を開ける。

「……あなたたちは?」

答え代わりに、メリダたちはマナをいっせいに解き放った。

色とりどりの焔が噴き上がり、暗闇の圧力を押し返して怪物を怯ませる。

メリダは怪物の眼球を射貫くように見据えて、言うのだ。

「マナ能力者の前に現れたのが、運の尽きよ」

右足を滑らせて腰を落とす。左手で鞘を模せば、握り締めた右の手のひらには刃のような鋭い光が集中する。焔が際限なく圧縮され、空間に亀裂を走らせた。

重心を左足から右足へ――

瞬時に抜刀。

「《幻刀一閃・風牙》‼」

手刀から、破壊力を伴った焔が飛んだ。怪物の腹へ直撃し、轟音とともに押し返す。

苦悶の雄叫びが地下を揺るがせた。

激しく抵抗されては元も子もない。ひと息に首を飛ばすべきか？

武器さえあれば……！

と、メリダが師匠譲りの戦闘思考を巡らせ始めたときだ。背中側で、ハロルド女史が歓喜の声を上げていた。

「やっぱり！　特殊なのは彼だけじゃなかったのね！」

気を失ったエドガー氏をずるずると引きずりながら、詰め寄ってくる。

「その炎はなに？　超能力⁉　フランドールの民にはそんな力があるワケ？　そもそもあの《先生》とあなたたちの関係ってなんなのよ？　全員で夫婦なの？　ああもうっ、これはやっぱり、脱ぎ脱ぎしてもらって徹底的に調べるしか――」

少し顧みれば、鼻先では怪物が食欲と殺意を滾らせているわけだけれど――

エリーゼとサラシャは、心底呆れながらハロルド女史を押し返す。

「いいから」

「は、早く逃げてください……っ」

ハロルド女史はハロルド女史で、なぜメリダたちを積極的に受け入れてくれたのかよぉく分かろうというものだ……。

それでも、さすがに命は惜しいらしい。ハロルド女史は名残惜しそうにしながらも、エドガー氏を背負い直して道の先へと駆けてゆく。

できればメリダたちとて、ランカンスロープなど放って逃げたいところだが……。

そういうわけにはいかない。

ランカンスロープを仕留められるのはマナ能力者のみ。そして今、この五千年前の古代に存在しているマナ能力者はメリダたちしかいないのである！　自分たちがこいつを取り逃がせば、やがてこの時代の誰かが毒牙（どくが）の餌食（えじき）にされる。

それは本来の歴史が変わる、ということではあるまいか。

ますますもって、なぜここにランカンスロープが……⁉

メリダとエリーゼ、サラシャは徒手空拳で身構えた。

怪物は攻め入る隙を窺っているように見える。先ほどの攻撃（アサルト）スキルが有効打にならなかったことからも、皮膚は厚く、硬そうだ。

煮え立つ湖に平然と浸（つ）かっているのだから、さもありなんというところだが。

メリダは視線を向けないまま、問う。

「サラ、どう攻める？」

サラシャは武人然とした面持ちで怪物を睨(にら)みつけている。

「目を狙うしかありません。でも、そう簡単に撃たせてもらえるか……」

攻撃スキル(アサルト)の発動にはタイムラグがつきもの。

怪物のほうも、二度も甘んじてその隙を見逃すはずはあるまい。

となれば、だ。メリダはもうひとりの親友へと問う。

「エリー、あいつの攻撃を受け止められそう？」

エリーゼは構えを変え、左右の五指を、胸の前でぴたりと合わせた。

白銀のマナがその手のひらのうちに集束し、身を切るような音色を響かせる。

「やってみる。けど――」

武器が欲しい、と。かすかに揺れる蒼(あお)の瞳が物語っていた。

メリダは軽く唇を噛(か)む。ここにはいないと分かっていても、公爵家四人娘の最後のひとりに呼びかけたくなった。あの、破壊力特化の魔騎士(ディアボロス)がここにいてくれたら、この巨大な怪物にだろうと攻略法が見出(みいだ)せようというものだが……。

そのときである。

まさにその、彼女の声が響いた。

正しくは、五千年前のミュール＝ラ・モールだけれど。

「フル・フディャ・ムン！」

メリダたちは、ぎょっ、と振り返ってしまった。

なんということか。そこには幼き黒水晶が逃げずに留まっていたのである。

なにやってるの⁉　とメリダは叫びたくなった。

しかし気づく。そういえば彼女ら、ティンダーリアの民とメリダたちとでは話す言葉が違うのである。もしかして、今がどれほどの危機的状況か分かっていないのだろうか？

メリダは大慌てで彼女の肩を摑み、通路の先を指差した。

「逃げるの！　分かる？　あっち！　ほら、ハロルドさんたちについていって！」

しかし幼き黒水晶は、反対にメリダの腕を握り返してきた。

なにやら気丈な顔つきで、激しくまくし立てている。

「ムーア！　フル・フゥディャ・イディゥエ・バル！」

小さい手で湖のほうを指差した。

「グヌヴァ・バル・フゥイ？　フル・エディャ・フルオディ・スエディ・バル。ルン・バル・ドゥディャ・フゥイ！」

一向に逃げようとしない。いったい何を訴えているのだろうか？

メリダは幼き黒水晶が指さす方を見た。

あぶくの立つ湖。

怪物の位置。

鍾乳石の垂れ下がる天井――

はっ、と思い至ったことがある。

もしかして、と。あらためて、幼き黒水晶の決然とした顔を見る。

彼女は懸命に身振り手振りを交えていた。手のひらでアヒルのくちばしをかたどって。

「ルーン・バル・ヘディヤ！　フル・エディヤ・トゥエヤエ――」

メリダの背筋に、直感が電流のごとく駆けた。

こちらも大げさなジェスチャーでもって、幼き黒水晶に呼びかけるのだ。

「つまり、力を貸してくれるのね⁉　あなたがああして、わたしがこうして――」

幼き黒水晶のほうも、小さな全身を伸ばして跳ね上がる。

「プディウレムティン！　ルン・ツンディディエ・バウディヤ！」

その光景は傍からすると、妖しい部族の行う呪いの儀式にしか見えなくて――

怪物からすればさぞ隙だらけだっただろう。長い前脚を振り上げて、即座に叩きつけてくる。とっさにエリーゼが滑るようにして駆け、メリダの背に己の背をぶつけながら攻撃に割り込む。
焰気と凍気が激突し、空気が爆ぜるかのようにして衝撃が広がった。
怪物もたまらず仰け反ったけれど、当然、エリーゼにとっても痛撃だったらしい。
受け止めた左右の腕が震えている。
「ふたりとも、油断しないで……っ」
二発目を受けるのは厳しい、とその苦悶の表情が物語っていた。
メリダは彼女の肩に触れて、入れ替わりに前へ出る。
「ありがとう、エリー。あとはわたしたちがやるわ」
言い切る前に駆け出し、背中で叫ぶ。
「サラはマナを練っておいて。とびっきりの一撃をお見舞いするの！」
親友たちが止める間もない。エリーゼもサラシャも、「あっ」と声を上げた。
なにせメリダは、怪物へ正面から突撃したのである。それで敵が怖気づくはずもない。
ランカンスロープはまさしく、噛み殺すために先鋭化した牙を見せつけて咆哮する。
しかしメリダは、岸辺で鋭く左へとターンした。
怪物もそのあとを追って巨体を泳がせる。
長い首を鞭のように振るい、獲物の頭上目掛けてかぶりついた。メリダは紙一重で牙の隙間から飛び退（の）く。なんと、怪物の顎は易々（やすやす）と岸辺を噛み砕いたではないか。疑いようもない。やはりこいつは、人類を殲滅（せんめつ）するために進化した夜の魔物（ランカンスロープ）だ。

なぜこの太陽の時代に？

しかしそれを言うのなら——メリダたちマナ能力者もまた、敵にとっての《誤算》だ。

絶妙のポジションまで誘導したのを見計らい、メリダは叫ぶ。

「今よっ、ちびミウ！」

あたかも、その異なる言語が理解できたかのように——

幼き黒水晶が、ここぞというタイミングで唱える。

「《グォバイ・フォルヤ》」

ネピリム語だ。

話し言葉とは違う、とメリダの直感が伝える。

ハロルド女史の講釈が思い起こされた。ティンダーリアの民が特定の文法でネピリム語を唱えるときは、この世界の環境システムに指令を送っていることを意味していて——

湖が沸く。

急激にあぶくが集まって、爆発した。噴き出した水の勢いたるや、激流と言って差し支えあるまい。それがまさしく、噴出口の真上にいた怪物に襲い掛かったのである。

顔面を真下から打ち上げられて、つんざくような絶叫。

メリダは鋭く飛び退き、湖から距離を取った。これが間欠泉……？

引き金を引いたのは幼き黒水晶の呪文だ。彼女はなおもネピリム語を口ずさみながら、指揮者みたいに腕を振っていた。水流が彼女の腕の動きに連動していて、怪物が必死に身をよじろうとも逃さないのである。

どうりで、熱湯が一滴たりともメリダたちのほうに飛んでこないはずだ――

幼き黒水晶は攻め手を緩めなかった。もう片方の手を頭上に伸ばし、ぐっ、と握る。

「《クゥ・フェツンディ》」

ネピリム語の呟き(つぶや)が、電波のごとく空気を奔(はし)ったのが分かった。

天井が揺らぐ。

鍾乳石(しょうにゅうせき)に亀裂が走り、砕けた。重力に引きずられたそれは、岩の槍(やり)そのものだ。否(いや)

――岩の、槍の、雨。怪物の頭上でだけピンポイントで崩落が始まり、砕けた岩がとめどなくその脳天を打ちつけた。もはや悲鳴は、断続的に漏れ聞こえるのみ。

もしもクーファが見ていたら、間違いなくここで言うだろう。

――今だ。ためらわず、やれ、と。

メリダは戦場の女神のごとく呼びかけた。

「サラ！　トドメを刺して！」

すでに彼女は、ありったけのマナを手のひらのうちに集めていた。

マナそのものを硬質の攻撃力にできるのは、メリダの侍クラスや、彼女の竜騎士クラスの特長である――

サラシャは素手で身構えていた。しかしその手のうちから溢れ出る焔は、すでに彼女の身の丈を越えて槍のごとく収斂されており、穂先に秘められた貫通力は絶大のひとこと。

ランカンスロープは、それに気づこうとも逃れられない。

よい的だ。

サラシャの踏み込みとともに、足もとへ亀裂が広がる。

狙うはただの、一撃――

必殺！

「《ニルヴァ・スティンガー》‼」

サラシャの腕が一直線に突き出され、その勢いのままに穂先が撃ち出された。一瞬にして怪物の喉もとに届き、そして射貫く。

皮膚が、わずかな抵抗。

だが、サラシャの渾身の一撃は敵の防御力を貫いた。怪物の首がわずかに撓んだかと思えば、轟音を立ててぶち抜かれる。余剰の焔が後方の壁を穿って、思わぬ揺れがメリダたちの足もとに伝わった。

幼き黒水晶は、肩で息をしながら茫然としている。

そして――

怪物の巨体は、ぐったりと力を失うのだ。頭部が湖面へと叩きつけられるようにして落ち、そのまま巨体ごと没してゆく。

メリダたちはしばし、声もなくその末路を見送った。

ふいに、先ほど聞いた講釈が思い出されて、思うのだ。

この湖の底だけは、きっと宇宙ではなく、奈落に繋がっているに違いない――と。

† † †

怪物の脅威が去ったことを伝えると、エドガー氏はまず、残念がっていた。

「ええ？　やっつけちゃったのかい……？　僕が寝ているあいだに？」

見るからに肩を落とす。

「きみたちが無事でなによりだけど……残念だなあ、宇宙の重要な手がかりになるかもしれなかったのに」

その後頭部には大きなコブができているようだが、むしろその痛みで、エドガー氏は先ほどの怪物がまぼろしなどではなかったことを知ったようだった。

すぐさま地底湖へ取って返そうとした彼を、ハロルド女史がふんじばって止めてくれたのだという。

彼女はエドガー氏のたんこぶの位置をぺちん、とはたき、彼を悶絶させて黙らせる。

「なぁに言ってんの。食い殺されなかっただけありがたいと思いなさいな。この子たちが居てくれなかったら——そうよ、この子らが無事でなによりだったじゃないの」

そこで、ハロルド女史はハロルド女史で眼鏡をきらん、と光らせる。

左右の手のひらを妖しげに擦り合わせつつ、よだれを垂らしたような錯覚さえする。

「貴重な研究サンプルが三人も……ンンッフッフッフ！」

ランカンスロープ以上の恐怖を覚え、メリダたち三人は身を寄せ合うのである……。

地底湖を抜けた先は一本道だった。ランカンスロープを倒してからあとを追うと、長い坂を上った先でハロルド女史たちに合流できたのである。

もはや、メリダたちもクーファと同じ、超常のマナ能力者であることは隠しようがなかった……。

ふたりの賢人はそのことにも興味が尽きないようだったけれど、何はなくとも、口を揃えてこう詰め寄ってくるのだ。

「「さっきの化け物って、いったい何？」」

メリダは左右の手のひらをかざして、あとずさる。

「と、とにかく地上に戻りませんか？　また怪物が出てこないとも限りませんし……っ」

ふたりは、それでぐっ、と質問を呑み込んだようである。

・であれば、すぐにでも地上へ戻るのみだと、エドガー氏は率先して身を翻した。手提げのライトは失ってしまったが、もう出口は近いらしい。通路の奥から薄く射し込んでくる陽射しが道しるべだった。

さて、聡明な賢人たちをどう言いくるめたらよいだろう？

ランカンスロープにまつわる話など、古代の人間に聞かせてよいものなのだろうか。そもそも、聞かせたところで理解してもらえるのかどうか……。

友人たちの顔を見回しても、エリーゼもサラシャも判断に困っている様子。

一行の最後のひとりは、幼き黒水晶だった。さっきは大立ち回りだったからだろうか、ちいさなお鼻のてっぺんが砂で汚れている。

それでも幼い彼女は、えへん、と偉そうにふんぞり返るのだ。

「ワイエ・ラ？」

自然とメリダの唇がほころび、彼女の頭を撫でていた。

「ええ、そうね。大活躍だったわよ?」

言葉は通じていなくとも、得意満面な笑みの、黒水晶である。

さて、置いていかれないうちにハロルドたちを追いかけねばなるまい。

同時に頭を働かせるのだ……メリダたちのマナ能力を、突如として現れたランカンスロープについてをどう説明するか。メリダたちとて、混乱していることが多い。

こんなときは、やっぱり頼りになる師匠に意見を仰ぎたいところだけれど――

と、いうメリダの希望は、またしても叶うことになった。

ただし――まったくもって、予期しなかった形で。

出口は歩いてすぐのところに開いていた。バルニバビルの塔のふもとの、森に埋もれた遺跡が地下に繋がっていたのだ、エドガー氏、そしてハロルド女史と外まで辿り着いて、愛すべき陽射しを全身でかき集める。

それからエドガー氏は、最後に出てきたメリダたちへと、念のためといったふうに振り返るのである。

「言っとくけれど、僕は地下に暮らしたって良いと思ってるんだよ?」

メリダたちはあいまいな反応をするしかない……。

宇宙の話や、地下迷宮の探検は非常に有意義なものだった。エレベーターとトロッコが機嫌を損ねなければ文句のないツアーだっただろう。

……おかしなことの連続だった。万全に整備されていたはずのトロッコが止まり、地底湖は茹で上げられ、そこにはこの時代にいるはずのないランカンスロープが待ち構えていた——まるでメリダたちの行く手を阻むみたいに。

何かが見えないところで蠢いているような、得体の知れない違和感が背筋に這い寄る。

靴音が響いた。

誰かが駆けてくる。

皆が顔を向けてみれば、その姿はすでに見えていた。木々の向こうからやってくるのは白装束の研究者。波打つ黒髪の男性。十賢人のひとり、ノルマンディ氏だ。

コールドスリープの研究を行っており、異邦人であるメリダたちの滞在に肯定的な人物だ。無論、エドガー氏やハロルド女史とも友好関係に違いない。

エドガー氏は軽く驚きつつ、朗らかにノルマンディ氏を迎えた。

「やあ！　どうしたんだい、こんなところまで」

ハロルド女史も眼鏡の奥で眉をひそめている。

「珍しいわね、出不精のあんたがジョギングだなんて」

ノルマンディ氏は運動が不得手らしい。軽い駆け足でも息絶え絶えだった。塔からここまで、走ってきたのだろうか？　なぜそんなに急いでいるのだろう。

ノルマンディ氏はようやっと一行の前まで辿り着き、大きく肩を弾ませた。荒っぽく髪をかき上げる。

「お前たちを探してやっていたのだ。地下へのエレベーターが動かぬから、き、きっとここから出てくるのだろうと……ハァ、ハァ」

エドガー氏は子供っぽく、小さく舌を出す。

「そりゃゴメンよ。僕に何か御用だったかな？」

そこでノルマンディ氏は、どうしたわけか言い淀んだ。

「いや、お前にではなく、そのう……」

メリダたちに視線を向ける。

「き、きみたちだ。きみたちを呼びにきたのだ」

メリダたちは目を白黒させるしかない。

――どうしてか。

嫌な予感だけが、泥のように背筋にこびりついている。

ノルマンディ氏は、ひと言ひと言たしかめるように告げた。

「きみたちは、すぐに塔へ戻りたまえ」

「……何かあったんですか？」

ノルマンディ氏は少しためらった様子だった。

しかし、言う。

どこか痛ましそうに——

「きみたちが《先生》と呼ぶ彼が、襲われたのだ」

LESSON：Ⅵ　～逆廻り（さかめぐ）の天地～

広大なバルニバビルの塔である。メリダはまだ自分たちの部屋の位置さえ把握できていなかったけれど、エドガー氏やハロルド女史、ノルマンディ氏が先導してくれた。

皆、深刻な面持ちだった。

メリダたち三人のご令嬢に、幼き黒水晶、そして三人の賢人。大所帯で塔を駆ける。

やがて、見知った通路に辿り着いた。

クーファにあてがわれた寝室が見える。

ドアは開け放たれており、すでに何人もの人影が集まっているようだった。

人影――ひと、ばかりではない。

スティグマなる、超テクノロジーの兵器を内蔵した粘土人形が、部屋の前で待ち構えていた。例の、青く光る不思議な武器をすでに抜き放った状態。

頭部の赤い一つ目が、メリダたちの姿をじっ、と追いかけていた。

メリダは努めて人形たちを意識しないようにしつつ、部屋へと駆け込む。

「クーファ先生っ！」

彼の姿は――すぐに見つかった。ベッドの端に腰かけている。やや衣服が乱れている。それからどうしてか、ミュールが、彼を懸命にかばうように胸板へ寄り添っているのだ。

メリダはふたりに駆け寄ろうとした。

しかしその眼前に、青い輝きが横切る。粘土人形が武器をかざしてメリダたちを留めたのだ。エリーゼもサラシャも、理由も分からぬまま刃に取り囲まれてしまう。

男性の声が響いた。

「これで犯人が揃ったというわけだな」

室内には粘土人形以外にも、何人もの白装束が詰めかけていた。そのうちのひとりが銀髪のオズワルド氏だった。さっぱり分からない。いったいどういう状況なのだろうか。

メリダは刃の輝きにも臆さず、オズワルド氏を見返す。

「犯人？」

クーファもミュールも、険しい顔つきをしていた。

――いったいメリダたちが地下を探検しているあいだに、何が？

オズワルド氏は腕を組み、鼻を鳴らした。

「しらばっくれるか。いいだろう、教えてやる。そこの夫婦はな、塔の者に危害を加えたのだ。かよわい託宣人に暴力を振るった！」

メリダたちはぎょっ、として、そこで気づいた。

部屋の一角に、たしかに託宣人の少女がいる。顔見知りのシルマリルではないか。顔を真っ青にして、自分を抱きしめて震えている。

言い返したのはミュールだった。

「いいえ、違うわ！　彼女がわたしたちに襲い掛かってきたのよ。だから抵抗したの！」

メリダは視線を往復させるのに忙しくなった。

クーファは少し息苦しそうにしながら、それでもはっきりと主張する。

「本当です。オレが寝苦しく思って目を覚ますと、彼女が――シルマリルさんがベッドに圧し掛かっていて、首を絞められていたんです。そこに、ちょうどミュールさまが駆けつけて、あいだに入ってくださって……」

それを聞いて想像しただけで、メリダの背筋が凍える。

今のクーファは太陽に生命力の大半を奪われている。もしミュールが居合わせてくれなかったら、そのままなすすべなく少女の細腕に絞め殺されていたのでは……。

シルマリルが金切り声を上げた。

「そんなッ、私、覚えていません！　そんな怖ろしいこと、できません……ッ‼」

ミュールは柳眉を吊り上げる。

「覚えていないですって⁉　しらばっくれているのはどっちよ！」

状況がはっきりとしない。いったい何がどうなっているのだろうか……。

オズワルド氏は腕組みをしたまま問う。

「ティンダーリアの花嫁よ。お前の主張どおりだとするなら、よく都合よく駆けつけたものだな？」

ミュールは毅然と彼を睨み返す。

「……旦那さまへ手紙を届けに来たの」

ちら、と視線を送れば、たしかに丸テーブルの上に一通の封筒が放置されていた。

オズワルド氏は面倒そうに顎をしゃくる。それを見て、ハロルド女史が肩をすくめて歩み出た。

封筒を開けて、中身の便箋に目を通す。

なんのことはない、というふうに告げた。

「恋文よ。暗号めいたものも見当たらないけど――」

それを聞いて、メリダたち未来からの旅行者だけは勘付いた。

その手紙は、五千年後のクーファへ宛てたメッセージだ。《黒の書》を持ち出したミュールがどこに潜伏しているかのヒントが記されている。この手紙が時を経た未来の遺跡で発見され、クーファとメリダたちを、《黒の書》の呪いに囚われたミュールのもとまで導いたのである。

ミュールはこの五千年越しの仕掛けに気づいて、歴史どおりこの塔に手紙を残すためにクーファの部屋を訪ねた。

すると、そこではシルマリルが凶行に及んでいた——とのことなのだが。

当の、顔面蒼白で震える託宣人の少女は、身に覚えがないと主張する……。

クーファとミュールがそんな嘘をつくものか。

かと言って、シルマリルにはどんな理由があったのだろう……。

公正な視点で調査が求められる場面である。

ところがあいにく、この場の権力者はそうは思っていない様子だった。オズワルド氏は端からクーファとミュールが出まかせを言っているのだと決めてかかっている。

「せっかく温情を与えてやったというのに」

これみよがしなため息。

「我々が差し伸べた手を無下にしたというわけだ。今度こそ申してみよ、バルニバビルへ侵入した目的はなんだ？　おおかた、『世界は成り行きのまま滅ぶべきだ』などとのたまう破滅論者どもであろう」

粘土人形・スティグマはもはやごまかしもせず、刃を見せびらかせてくる。

エドガー氏とノルマンディ氏は、口を挟もうにもまず状況がよく呑み込めていないようだった。メリダたちとて同じである。クーファの表情さえ緊迫していた。

――どうする？

辛抱強く潔白を主張するべきか？　それとも説得は叶わないと見切りをつけて、マナを全開にして逃げるべきだろうか。しかし塔を離れたところで、どこへ身を隠す？

メリダたちは声もなく視線を交わすしかできなかった。どうする？

――どうする!?

靴音が響いた。

たっぷりと予兆を振り撒いてから、新たな人影が部屋を訪れる。

ネピリム語が歌うように聞こえた。

「アンディディエ・スゥ・ムル・メルエディウエ」

誰が来たのか、メリダにはなんとなく予感があった。床に引きずるほど長い白金色の髪をした、妙齢の奥さま。ティンダーリアの民たちの実質的な長だという――傍らには専属の託宣人を侍らせていた。

透明な声で何ごとかを訴えている。

「フル・イルディィヤ・リディィウエ——」

その存在感に誰もが息を呑んだけれど、オズワルド氏だけは違った。

メリダも薄々察したが、奥さまがこのタイミングで口を挟んできた意図が、オズワルド氏にも伝わったらしい。

嫌々といった態度で、奥さまの姿を流し見る。

「……奥方。どうも勘違いをしているようだが、貴様は決して我々と対等ではない。一介のティンダーリアに過ぎぬ。よもや『自分に免じて』などと——」

「ヨオディルヤ・リディウエ」

奥さまはオズワルド氏の声を遮った。

彼の目を、まっすぐに射貫いて、微笑む。

「フル・ベディィヤ・テスヤエディィウエ・スエディィ・バル」

その途端、目を剝いたのは傍らにいた託宣人だった。

口から泡を飛ばす勢いで、舌を噛みながら叫ぶ。

「さ、さ——『賛成する』と‼」

メリダたちは眉をひそめるしかできなかった。

オズワルド氏も慎重に問い返す。

「……なんだと？」

託宣人は忙しない手つきでネピリム語の教書をめくった。何度もまくし立てる。

「あ、あなたの望みに——理解を示す。つ、つまり計画に協力すると申しています‼」

賢者たちの顔つきが変わった。

ハロルド女史とノルマンディ氏は息を呑んだ。そして、なぜかエドガー氏の顔から血の気が失せた。

ひとり、オズワルド氏の表情がみるみると歓喜に染まる。

「——それは本当か‼」

金色の奥さまはときが止まったかのように微笑んだまま。

静かに頷く。

オズワルド氏の全身が喜びに打ち震えるのが分かった。彼は我先にと部屋を辞して、塔じゅうに聞こえるかのような大声を上げながら通路の向こうへ去ってゆく。

「十賢人を集めろ！　研究は今日で終わりだ！　救われる——世界は救われるぞぉ‼」

弾かれるようにあとを追ったのはエドガー氏だ。「待ってくれ、オズワルド！」

いったい何がどうなったというのだろうか？

ひとつ確かなのは、どうやらメリダたちは窮地を脱したらしいということである。なにしろオズワルド氏も、スティグマも、すでにこちらのことは眼中になくなっている。

粘土人形たちは武器を仕舞い、機械的に部屋から去っていった。

ハロルド女史がノルマンディ氏を促し、ふたりも駆け足でオズワルド氏を追う。

託宣人のシルマリルも、くびきから放たれたかのようにドアから逃げ出した……。

金色の奥さまは——ミュールを手招きする。

従わないわけにはいかない。ミュールは深々とため息をついて身を起こし、一度だけクーファへと向き直った。

「お大事に」

名残惜しそうに頰と頰をすり寄せてから、身を翻す。

傍らを通り過ぎる寸前、メリダは彼女の腕を摑まざるを得なかった。

塔に引き上げてきてからこっち、違和感が指のあいだからすり抜けていくばかりだ。

「いったい何が起こってるの？　ミウ」

ミュールは奥さまたちの視線を気にしているようだった。

ひとことだけ言い残す。

「——シーザさんよ」

歩き出した。

金色の奥さまの隣に控えて、通路を去ってゆく。

取り残されたメリダたちは、声もなくその背中を見送ることしかできなかった。

† † †

その日はもはや、外出を許されるような雰囲気ではなかった。メリダとエリーゼ、サラシャ、そして幼き黒水晶は看病という名目でクーファの寝室に集まり、大量の歴史書を運び込んでもらって読書にふけることにしたのである。

クーファもたいがい消耗しただろう。今はベッドで安らかに目を閉じている。

――彼のもとに集まっているのはもちろん別の目的があった。

話し合わなければ！　先ほどの騒動のこと。今後の方針。このままバルニバビルに留まっていてよいものなのか。どのタイミングで、どのような行動を起こすべきなのか……。

メリダは本の文字を眺めていたけれど、その内容はまったく頭に入ってこなかった。

考えごとで頭のなかはパンパンだ。

行方をくらませたシーザ秘書のこと――彼女の目的はいかに？　クロノスギアを取り戻さないことには、メリダたちももとの時代へ帰ることができない。そもそも自分たち時間旅行者の目的は歴史を《見る》ことであって、《変える》ことではない。シーザ秘書はその禁忌をおかそうとしているのでは？　ミュールが彼女の尻尾を掴んだと言うが……。

クーファの的確な指示が欲しい。

仲間内で作戦会議が必要なときだ。

そう思い、メリダはさりげなく傍らのエリーゼへと体を寄せる。

「ねえエリー、そっちにある本だけれど……」

言いながら、エリーゼの膝へと手のひらを置く。

本当の目的は、もちろん、彼女の肌に文字を書いて内緒話をすることだ。

ところが、である。メリダたちが接触するや否や、甲高い靴音が響いた。部屋の隅に控えていた侍女のひとりが歩み出して、はきはきと呼びかけてくるのである。

「どちらの本ですって？」

メリダは萎縮しつつ、エリーゼから体を離すしかない。

あいまいに指を差す。

「ええと、その積んである……上から二冊目の」

侍女は軍人みたいな威勢のよさで本を引っ張り出し、メリダへと突きつけてきた。

「ご用命がありましたらなんなりと！　みなさまはお勉強に専念なさいませ」

メリダはやや憮然（ぶぜん）とした態度で本を受け取り、もとの位置へと引き下がるのである。

「――ご親切に」

侍女もきびきびともとの立ち位置へと戻り、また目を光らせ始める。

先ほどの騒動……ひとまずフランドールの民たちの蛮行は不問になったらしい。

それでも、決して忘れられたわけではない。

その証拠に、侍女の人数が一気に三人に増やされたのだ。全員が託宣人だが、もちろん通訳のためについているのではないだろう。壁際（かべぎわ）の三方向から、メリダ、エリーゼ、サラシャに不審な動きがないか、まるで採点しているかのような目つきで睨（にら）みつけてくる。

これではおしゃべりはもちろん、文字によるコミュニケーションもままならない。

話し合いたいことはたくさんある。なのに時間だけが無為に消費されてゆく。

ゆえに、メリダの頭にはぐるぐると考えごとが巡る一方なのだ……。

ちなみに、当然と言うべきか、シルマリルの姿はなかった。

先ほど、ミュールがひと言だけ情報を残してくれた。去り際に、シルマリルとの主張の食い違いがどういう理由かと訊（たず）ねたメリダに対して、黒水晶の友人は短く――

『シーザさんよ』と教えてくれた。

つまりはシーザ秘書の仕業だ。ツェザリ家の得意とした降霊術（シャーマニズム）……！　己の呪怨をマナに込め、無防備な人間へと振りかけることで操り人形に仕立て上げるのだ。
その能力によって、シルマリルはシーザ秘書に意思を乗っ取られた……。
メリダの胸のうちで、怒りと恐怖、そして悲しみがない交ぜになった。
──無関係の人間を操ってクーファ先生の首を絞めるだなんて。
つくづく、ミュールが駆けつけてくれなかったらと思うとぞっ、とする。
そしてシーザ秘書の顔を思い浮かべると、メリダは居たたまれなくなるのだ。
クローバー社長が居た頃は、自分たちとシーザ秘書との関係も決して悪くはなかった。
メリダ自身、あの社長と秘書の陽気なやり取りを微笑ましく思っていた。
そのシーザ秘書を最後に見たときの光景……。
クーファがつらく当たられたときから、あきらかだったけれど。
もはや今の彼女にとって、メリダたちは敵、なのだろうか──
ベッドがもぞり、と動いた。
クーファが身じろぎをしている。
メリダは毛布を直そうとして、はっ、と気づいた。
目を閉じているけれど、クーファは目を覚ましている……。
監視されているということも承知していて、それでもなお、メリダたちに呼びかけているのだ。メリダは緊張で胸を高鳴らせながら、ベッドの端に腰かけた。

クーファの手を触る。

しかしその途端、託宣人のひとりがきらん、と目を光らせた。

「どうかなさいまして？」

メリダは慌てて彼から手を離し、本の表紙を支えた。

……ダメだ！　これでは文字を書いたりなどしたらすぐに見抜かれてしまう。

しかし壁際の三方向から見張られていて、死角がなかった。

どうする？　本当になんの作戦会議もできないまま、もう夕刻になってしまう。

託宣人たちも、メリダたちがいつまでも殿方（クーファ）の部屋に詰めかけていることをよしとはしないだろう。

当のクーファも、その表情の微妙なこわばりから焦（じ）れているのがメリダには分かった。

サラシャと目配せをする。しかし軽く噛まれた唇が、『打つ手がない』と物語っている。

幼き黒水晶は——沈黙が居心地悪いのだろう。椅子で脚をぷらぷらとさせている。

そして、最後のひとり。

エリーゼが動いた。

メリダとは反対側のベッドの端、クーファの左手側へと腰かける。

否、腰かけるというよりは、ベッドに上った。深く腰を下ろす。

スカートを一度、ふわりと広げてから。

エリーゼはそのまま本に集中していた。

──少なくとも、託宣人にはそう見えただろう。

しかしそのとき、メリダとサラシャの脳裏には稲妻が走っていた。エリーゼときたら、スカートを直すふりをして広げ、クーファの左手にかぶせたのである。妙案……！　今ならば、クーファの手が何をしているか託宣人には分からない。

……す、スカートのなかに想い人の手を招くだなんて、エリーゼも大胆なことを考えたものだけれど。

それでも、ナイスアイディアには違いなかった。クーファは、寝たふりをしているけれど、状況を理解しただろうか？　メリダは想像する……クーファの手が慎重に動き、エリーゼのふとももを探るさまを。

エリーゼは努めてそっけない態度で、右の手のひらで空気を摘まんだ。指先が繊細に肌をなぞって、彼の意思を伝える。

そのジェスチャーをすぐに察し、サラシャが彼女に万年筆と羊皮紙を手渡す。

エリーゼは本の表紙を下敷きにして、なにやら文字を綴り始めた……。

メリダは確信し、内心で快哉を叫んでいた。作戦成功！　託宣人たちの誰もスカートのなかの密談に気づいている様子はない。エリーゼは問題なくクーファの意思を読み取っているようだ。あとは読書会をお開きにしたあと、メモを回し読みすればよいだけである。

——ところ、が。

自分たちの常というべきか、そうスマートに計画が運ぶはずもなかった。単語をひとつふたつ記す頃には、エリーゼの白いほっぺたはすっかり朱色に染まっていたのである。

当然、万年筆を持つ手つきもぎこちない。

メリダは、あまり注意を引きたくない、とは思いつつも問いかけざるを得なかった。

「ど、どうかした？　エリー」

エリーゼは容赦なく答えてくる。

「手つきがヤラシイ」

三人の侍女たちは次々と小首を傾げた。「やらしい？」「やらしい……？」

その途端、クーファの体がびくっ、と跳ねたのをメリダは見逃さなかった……。

そ、それはまあ、スカートのなかでふとものかなり際どいところを触られているわけだから、乙女として思うところはあるだろうけれど。

や、やらしいってことはないいんじゃないかしら。

メリダは託宣人たちに顔を向けた。

「窓を開けていただいても良いですか？」

「かしこまりましたわ」

「それからお水を……」

ひとりが頷いて、部屋を出ていく。

ほら、せっかく託宣人たちも気が緩んで、監視がおろそかになってきているところなのだ。メリダたちとしては、今のうちに密談を進めてしまいたい。

クーファもそれは分かっているだろう。

彼の腕の筋肉が、ひそかに震える。

その途端だった。

「……ひうっ⁉」

エリーゼが急に背中を丸めた。それこそバネ仕掛けみたいに。華奢な肩が小刻みに震えて、本に額を押しつけて懸命に表情を隠している。

メリダは面食らった。託宣人は勘付いていない。い、いったいどうしたのだろうか？

おそるおそる従姉妹の表情を覗き込む。蒼い目が大きく見開かれていて、頬がこれまでにないほど真っ赤だった。唇が震えて、消え入りそうな声が漏れている。

耳をそばだててみると……。

「ど、どこっ……さわ、って……っ‼」

サラシャは口もとを手で覆った。その反応でメリダも、遅ればせながら気づいた。

顔が急に熱くなってくる……！

つ、つまりクーファときたら、「ヤラシイ」なんて言われたからだろう。じかに素肌へ触れることに引け目を感じて、少しでも無難な場所はどこかと手の位置を動かしたのだ。

そして布の感触を探り当てたに違いない。「ここなら負担も少なかろう」と。

――で、でもちょっと待ってください、先生。

す、スカートのなかの《布》って言ったら、つまり……っ。

エリーゼは目いっぱい背を丸めていた。

今にも弾けそうになる何かを懸命に抑え込み、そしてなお、万年筆を握った右手は動いていた。

震えて、よじれて、もの凄くヘンな字になっていたけれど、それでも書いている……。

「ひっぱたく」

呪文みたいに呟き、羊皮紙に誰かさんの顔を思い浮かべて睨みつけていた。

「あとで病人だろうとひっぱたく……っ！」

その涙ぐましい姿たるや！　メリダはいっそ感動さえ覚えてきた。

ク、クーファは気づいていないのだろうか？
気づいていたらすぐに飛び起きているだろう……ハプニングこそ多いが彼は真摯な紳士である。今のクーファときたら、名案を思いついた軍師みたいに涼しげな寝顔なのだ。目を開ければエリーゼが限界のところで踏みとどまっているなど、知る由（よし）もない……。

一心同体のアンジェル姉妹たるもの、彼にはあとでふたりで一緒にきつぅくお説教するとして——それはさておき。

こ、このままではエリーゼの身が持たないかもしれない。筆談していることがばれてしまったら、すでに警告（イエローカード）を突きつけられているメリダたちにとっては致命的である。

——かくなる上は。

一心同体のアンジェル姉妹たるもの、メリダのすべきことはひとつだった。すなわち己もクーファの右手側へ深くベッドへ上ると、スカートの乱れを直したのだ。

正しくは、直すふりをして、彼の右手にスカートをかぶせる。

スカート越しに彼と手のひらを重ねた。

エリーゼと試練を半分こ、である。その勇気ある行動にサラシャは息を呑（の）んだ様子だった。しかしまったくの無謀ではなく、メリダには自信があった——

心のうちで呼びかける。先生？　わたしと先生の仲ですもの。肌を触られたって、や、ヤラシイだなんて思いませんわ？　存分に心の声をお聞かせくださいな。

ふとももに。ふとももに、ね？　と繰り返し念じる。

メリダには通じるという自信があった――

計算違いがあったとすれば。

クーファの、乙女のスカートにお邪魔しているという背徳感と、それを裏打ちする「ヤラシイ」という非難はかなりのダメージだったことだ。クーファの右手が、メリダのふとももの上を滑った。そのまま素肌に文字を書くことに引け目を感じた彼は、少しでも無難な場所を探って指先に神経を集め――

布の感触を探り当てる。

彼の中指がひた、と添えられたとき、メリダの喉から「ひうっ」と悲鳴が漏れた。

メリダはそのとき、とても珍しく、ひとを呪った。

ひとえに、自分の呑気さを……。

† † †

寝室を辞するまでは何食わぬ態度だった。

託宣人たちはそのまま、クーファの看病――という名の監視で留まるらしい。

廊下に出さえすれば、ひと目が途切れる。

その途端、メリダとエリーゼはいっせいに膝が崩れた。同じだけの体重を相手に預け、左右の手で支え合いながらどうにか……！　どうにか倒れ込むことだけは耐える。

彼（クーファ）には見せられないほど顔が真っ赤だった。

我慢していたぶん息も熱い。

華奢な膝にはまったく力が入らず、小刻みに震えてしまう……。

エリーゼが耳もとで呟いていた。

「か……噛（か）んでも許されるはず……っ！」

普段であればたしなめるところなのだけれど。

今ばかりはメリダも、息絶え絶えになりながら頷いた。

「止めはしないわ……エリー……はぁ、はぁ」

何せ、部屋を出る直前に見た、クーファの清々（すがすが）しい寝顔ときたら！

――いかがでしたか？　お嬢さまがた。実にスマートな伝え方だったでしょう？

とでも言いたげだったのである。

いいえ？　先生。と、メリダは胸のうちで断固としてかぶりを振っておく。

あとで、万感の思いを込めて、噛みます。と心に誓うのである。

幼き黒水晶は、メリダたちがなぜ疲れ果てているのか分かっていない様子できょとん、としている。そしてサラシャは顔を背けていた。

赤い顔を隠すように、そっぽを向いていた。

「え、ええと、おふたりとも……わたしはなにも見ていませんから……」

ごまかされるものかと、アンジェル姉妹のジト目が彼女を向く。

「もしクーファ先生が《二行目》を書こうとしてたら――」

「あなたも餌食（えじき）だったわよ、サラ」

それを想像しただけで、サラシャは「ひうっ！」と茹（ゆ）で上がるのである……。

とはいえ幸いと言ってよいのかどうか、クーファからのメッセージは一行分だった。メリダとエリーゼはようやく脚の震えを抑え、それぞれの書いたメモを照らし合わせる。

片方だけでは意味不明かと思いきや、さすがはクーファ、芸が細かい。メリダのメモとエリーゼのメモから一単語ずつ抜き出して交互に並べると、正しい文法の文章（センテンス）になるようである。

姉妹でしばし、ああでもないこうでもないと単語を並べ直し……。

議論が煮詰まったころ、サラシャが小首を傾げる。

「な、なんて書いてありますか？」

つつがなく解読は終わった。

メリダがそれを読み上げようとしたときだ。持っていたメモを取り上げられた。メリダとエリーゼがはっ、として振り返ると、そこには——

いつの間に部屋から出てきていたのだろう。託宣人のひとりが油断のない目つきでこちらを見下ろしていたではないか。まったく注意がおろそかになっていた……！

託宣人は取り上げたメモを、証拠品か何かのようにかざしている。

「なんですか？　この紙は」

言うまでもなく、クーファからのメッセージが書かれている。

それが託宣人の目に触れた。

読み上げる。

「『黒ウサギを——」

眉をひそめて。

「『黒ウサギを連れ戻せ』……いったいどういう意味ですの？」

サラシャはひそかに目を瞠（みは）っていた。対してメリダはそ知らぬふうを装（よそお）っている。

「フランドールで流行（はや）ってる遊びなんです。みんなで単語（ワード）を持ち寄って、その、なにか文章を作るの。……返していただけますか？」

託宣人は訝しそうにメモの裏を確かめてから、言うとおりに手渡してくれた。

そのままクーファの寝室にも戻らず、身を翻して立ち去ってゆく……。

その背中を充分に見送ってから、メリダたちは目配せをして、深く胸を撫で下ろした。

クーファがどこまでも周到で助かった……！　メッセージが第三者の目に入ることを怖れて、暗号にして伝えてきたのである。

その真意は、メリダたち時間旅行者にだけは伝わっている――

三人と幼き黒水晶も、言葉少なにきびすを返した。

おしゃべりさえしないメリダたちの顔を、幼き黒水晶は不思議そうに見上げている。

代わりに、行く手がにわかに騒がしくなった。

通路の行き止まりに両開きのドアがある。それが跳ね開けられたのだ。

数人の白装束が連れ立って出てくる。その彼らに、ひとりが追いすがった。

エドガー氏だった。

「待ってくれ、みんな。もう少しだけ話をさせてくれ！」

白装束の集団は、振り向いて言い聞かせる。

「いいや、エドガー。これ以上話しても結論が変わることはない」

「そ、それなら、もういちど採決を！」

エドガー氏はあきらめずに食い下がった。

しかし、白装束たちの態度が変わることもなかった。

「何度決を採っても同じだ。賛成・七の反対・三。十賢人会議の結論により、今宵、オズワルドによる《クレイドル計画》を決行するものとする——」

「そんな……！」

「なぜなら、考え直す必要がない。クレイドル計画の最大にしてゆいいつの問題は、ティンダーリアの巫女の同意だった。それがようやく、金色の奥方から協力を取り付けられたのだ。わざわざほかのプロジェクトを採択する必要がどこにある？」

エドガー氏はうなだれて、何も言い返せなくなってしまった。

白装束は、「見ろ」と窓へ顔を向ける。

そこからは太陽の光が差し込んでいた。ただし赤みがかっている。燃えるように。燃え尽きてしまう命を思わせるように、不吉な橙色に廊下を照らしていた。

一日で太陽が光を失う寸前、断末魔に似た赤い光が地上を染めるのだとか。

肝心なのはその、時間だ。

「もう陽が沈む」

と、白装束のひとりは言った。

午後のティータイムさえ許さないとばかりに、死にかけの太陽が世界を急かす。

バルニバビルの賢者たちが、活路を見出さない、限り。

この閉じられた世界は、死ぬ――

「我々には一刻の猶予もないのだ」

それで議論はお終いとばかりに、白装束の集団は廊下を立ち去ってゆく……。

エドガー氏はうなだれたまま、引き止めることさえできない様子だった。

彼らが出てきた室内には、ハロルド女史とノルマンディ氏の姿も見えた。ただごとならぬ状況である、興味を持って当然だろう。メリダたちは揃ってハロルドへと駆け寄る。

「な、何かあったんですか？」

ハロルド女史は難しい表情のまま、答えてくれた。

「十賢人会議の決定で、プロジェクトの主導権がオズワルドに任されることになったの。彼の推進する――《クレイドル計画》にね」

メリダたちが眉をひそめると、ハロルドは自ら人差し指を立てた。

「アタシが教えた太陽の活動原理を覚えてるかしら？　目に見えないほど小さな粒を生成して、それらがぶつかり合うことで熱と光が発生している、って」

「その効率が老朽化で落ちている――っていうのを、もう少し詳しく説明すると」

左右の手を、ボールを包むようにして揺らめかせる。

「せっかく生成したエネルギー物質が、ぶつかり合う前に、太陽の外殻の外へと拡散してしまっているのよ。これを留める力が、もう衰えてしまっているのね。けれど、神代のロストテクノロジーを修理できるような技術は、今のアタシたちにはない」

ただひとつ、可能性があるとすれば――

そう前置きして、ハロルド女史は続ける。

「神代の末裔である、ティンダーリアの民ならばそれを補えるかもしれない」

「あっ……」

「ネピリム語で太陽へアクセスしてもらって、衰えている機能を補助してもらうの。理論上はこれで、太陽の延命が図れるはずよ。拡散してしまうエネルギー物質を、彼女らの歌声で包み、囲い込む。これを超伝導ハーモニクスと呼ぶわ」

これが成功すれば、太陽は表向き、全盛期の輝きを取り戻すのだという。

表向き、だ。

裏方で支えている者たちが居ればこそ――という意味である。

「は、はい……」

専門外のメリダたちでさえすぐに勘付いたのだ。エドガー氏の取り乱しようもさもありなん。ノルマンディ氏もやるせなさそうに、顔をしかめている。

ハロルド女史はため息とともにかぶりを振った。

「……要するにね、ティンダーリアの民を生け贄にするの。彼女らには生涯、太陽の傍(かたわ)らに留まって歌い続けてもらわなくちゃならないわ。機械の部品とおんなじ扱いよ……。オズワルドはこのために、スティグマに命じて彼女らの故郷を滅ぼしたのよ」

直截的(ちょくせつてき)な物言いに、メリダたちは言葉を失った。

ミュールが教えてくれた話は本当だったのだ……！

金色の奥方の儚(はかな)い微笑(ほほえ)み、銀水晶の君の麗(うら)らかな姿が、メリダの脳裏を横切る。

ハロルド女史はやや早口になって続けた。

「アタシたちは——エドガーもノルマンディも、ずっと反対してたんだけど……ダメね、三人だけじゃ。賢人は十人で、多数決で方針が決まるから」

そして今日。とうとう七対三で、計画の実行が押し切られてしまったのだという。

会議室のなかから、いっそう高らかに声が響いた。

「バルニバビルの総意だ！」

その居丈高な口調。姿を見せる前からメリダには想像がついていた。

オズワルド氏は悠々と姿を現し、歌うようにして述べる。

「――世界の総意と言ってもよい。お前たちは甘すぎるのだ」

ノルマンディ氏は難しい顔で、そしてハロルド女史は厳しい顔で彼を睨みつける。

「仮に世界が救われても、アタシたちは悪魔と呼ばれることになるわ」

オズワルド氏は、むしろ心地よいと言わんばかりだ。

「それで光が満ちるのならば――」

身を翻す。

いまだうなだれたままのエドガー氏へと、気安く肩を抱いた。

「何を落ち込んでいるエドガー！　会議をきちんと聞いていたか？　お前のお気に入りの銀水晶はクレイドール計画から外してやった。体が弱くて使い物にならぬからな」

途端、エドガー氏はもの凄い形相でオズワルド氏を睨みつけた。

「そういう問題じゃない‼」

彼の腕を振り払う。さすがのオズワルド氏も面食らった様子だった。

エドガー氏はそんな彼から目を背けて、吐き捨てた。

「僕はもう、彼女に顔向けができない」

振り切るように歩き出す。エドガー氏の背中は、どんどんと遠ざかっていった……。

オズワルド氏は、少し腕を痛めたようだ。やりきれない思いを抱えて周囲を睨み、そしてメリダたちが声もなく立ち尽くしていることに気づく。

「……早く部屋に戻れ！　フランドールの民が首を突っ込むな！」

そうして、エドガー氏とは反対の方向へと、靴音も荒っぽく立ち去っていった……。

メリダたちはもう、やりきれない気持ちでいっぱいである。

それでもハロルド女史へと、最後にもうひとつ聞いておかなければならないことがある。

「その、クレイドル計画って、いつ行われるんですか？」

「すぐにも、よ」

ハロルド女史は腕を組む。

「と言っても、太陽の熱があるうちは近づけもしないからね。四半日は待って、今日の夜――月がいちばん綺麗に光る時間に」

そこで、あっ、と気づいた様子でこちらを見下ろしてくる。

サラシャの腰もとだ。そこでは幼き黒水晶が、皆の深刻そうな雰囲気に怯えている。

「そういえば銀水晶の彼女と、それからその子もクレイドル計画から外されることになったわ。『幼すぎるから』って。だけどあなたたちの友だちの、ええと、彼のお嫁さんって言ってたあの子はまだ、金色の奥さまのそばにいるはず。……どうするつもりなのかしら」

よもやそのまま、同胞たちと運命を共にするつもりではあるまいが——

メリダは友人たちと顔を見合わせた。それからハロルド女史とノルマンディ氏に別れの挨拶をして、連れ立ってきびすを返す。

声に出して相談はできない。が、目配せで充分に皆の意思は通っていた。

クーファからのメッセージを思い出す——『黒ウサギを連れ戻せ』。

それから、彼が何度となく言い聞かせてきたこと——『歴史に手を加えてはならない』。

これらを踏まえれば自ずと分かる。バルニバビルの状況は混迷を極めてきたが、反対にメリダは、己のするべきことを鮮明に見据えていた。

ミュールを連れ戻し、皆でバルニバビルから離脱する——

メリダたちが、力ずくでもって状況を打開するタイミングが、やって来たのだ。

† † †

秘密の行動は暗闇のなかで——この原則だけは、五千年の前でも変わらない。

その日、メリダたちは早くにベッドへ入ると、時計の針が十二時を回った辺りで、ぱちり、と目を覚ました。

そのまましばし、身じろぎを抑えて耳をそばだてる……。

大丈夫だ。見張りの託宣人たちも、メリダたちがすっかりおとなしいのを見て自室へ引き上げたらしい。サムライ・クラスの嗅覚をもってしても、扉の前には誰の気配もない。

メリダたちはもぞもぞとベッドから這い出して、身支度を整えた。

クレイドル計画の決行は今夜――となれば、オズワルド氏を始め、主要な賢人たちもバルニバビルを留守にするだろう。行動を起こすならタイミングは今しかない。

メリダは軽くストレッチをしながら、サラシャへと問う。

「何か、武器になりそうなものを持っていく？」

サラシャは同じように体をほぐしつつ、苦々しそうな表情だ。

「実はそう思って、お夕飯のときから身の回りを探してみたんですけど……」

と言って彼女が懐から取り出したのは、一本のテーブルナイフだ。

……野生のキツネを怯えさせるくらいはできるだろうけれど。

メリダもあっけらかんと肩をすくめた。

「現地調達するしかないわね」

ふいに、鋼鉄宮博覧会でのコンテストを思い出した。

二年近くクーファに師事し、いかなる状況でも生き残るすべをこの身に叩き込まれてきた。今さら武器がないくらいで、臆することなどない。

皆、準備は万端だろうか？

見ればエリーゼが、深刻な表情で窓を見つめているではないか。

「どうかした？　エリー」

問うと、彼女はかぶりを振る。

「胸騒ぎがするの」

そう言って、薄い胸に手のひらを当てる。

「なんだかじっとしていられないような……でも、何をすれば良いんだろう」

自分でも、はっきりとはしない感覚のようだ。

しかし、その不明瞭な思いをメリダは大いに共有していた。

きっとサラシャも同じ気持ちだろう。

胸騒ぎがする……もうあまり、時間が残されていないような。やはりクーファの指示は間違っていない。強行策を執るのは今しかない。バルニバビルの民たちに気を遣った言動をしていては、もう間に合わない。

力ずくでミュールを連れ戻し、シーザ秘書の行方を聞き出すのだ！　シーザ秘書を追い詰め、クロノスギアを取り返し、いつでも未来への帰路につけるよう準備を整えておく。

バルニバビルから追われる身になるだろう。

しかしその状態も、長くは続くまいという直感があった。

メリダたちの謀反など、取るに足らないほどの出来事が、じきにこの世界で起こる。

それはメリダたちの知る、歴史が証明していた――

誰かがもぞり、と身じろぎをした。

メリダたち三人ははっ、としてそちらを振り返る。

幼き黒水晶だった……眠たいのだろう。まぶたを何度もこすりながら身を起こして、なぜか、メリダたちの真似をして身支度を整えようとしている。

これは困った。メリダは彼女のちいさな肩を支える。

「いいのよ？　まだ寝てて」

しかし彼女は、はっきりと首を左右に振るのだ。

「フル・ディディヤ」

どうしたものか……夜の散歩に出かけるのとはわけが違うのである。彼女のことは、託宣人の誰かにでも預けるべきか？　しかし、これから叛逆を起こすメリダたちが？

そもそも、メリダたちが気軽に声を掛けられる託宣人など――

いた。

ひとりだけいた。

メリダはその気配に気づき、いち早く入口のドアを振り返った。幼き黒水晶をサラシャに任せて、足音を立てずにドアへとにじり寄る。

まさかとは思うが、また首を絞めにきたとでもいうのだろうか……。

ドアが外側から開かれる。

そこに立っていたのは、顔見知りの託宣人の少女だった。

「シル……」

ひと目見た直後、メリダはすぐに全身の緊張を解いた。

シルマリルの表情を見ればすぐに分かる。今の彼女はまぎれもなく正気だった。

しかし、だとしたらこんな真夜中に何をしに、メリダたちの寝室を訪ねたのだろうか？

そこでメリダは、はっ、と己を顧みた。今の自分たちは寝間着から白装束へと着替えている。いかにもこれから出かけますという風情だ。

しかし本来、よそ者であるメリダたちの自由は厳しく制限されている……。

とっさに言い訳しようとして――メリダはやめた。

もうその意味もない。

「止めないで頂戴、シル」

まっすぐに、託宣人の彼女を見据える。

「短いあいだだったけど、よくしてくれてありがとう。わたしたちはここを出るわ。先生を連れて、ロード・クロノス号を返してもらって……誰かに止められたら、振り払ってでも行く。何も説明できないの、ごめんなさい」

どこからともなく押し掛けて、住人の優しさに甘えておきながら、なんの説明もせずにいなくなる——旅行者としては呆れるようなマナーの悪さだろう。

しかし、シルマリルが言いたいのはそういったことではないようだった。

ぽつり、と。

「……私、覚えているんです」

あまりに唐突だったので、メリダは「え？」と面食らう。

シルマリルはうつむきがちで、よく表情が見えなかった。

唇だけが、痙攣するように激しく震える。

「ほ、本当は、覚えているんです……っ、か、彼の首を絞めたこと‼ でも、なんであんなことをしてしまったのか分からない……！ 体が言うことを聞かなくって、あ、あの子が止めてくれなかったら、わ、私本当に、この手でひとを……っ‼」

わっ、と顔を覆って泣き出してしまう。

メリダは彼女の背中に手を回して、そっと抱き寄せた。

「大丈夫よ、シル」

髪を撫で、耳もとに言い聞かせる。

「わたしたちは分かってるから、あなたはそんなことをしないって。もう二度と、あんな怖ろしいことは起こらないわ。安心して」

辛抱強く語り掛けると、シルマリルはようやく、洟をすすって泣き止んでくれた。

もう取り繕う必要もない。メリダは彼女の手を握って訴えかける。

「ねえシル、わたしたちここを出ようと思うの。でも、ミウが——わたしたちの姉妹が、まだ戻ってきてないの。彼女がどこにいるか知らない？」

これに答えれば、もしかしたらシルマリルは咎められることになるかもしれない。

それでも彼女は、小刻みに頷いてくれた。

「あ、あの子でしたら……今頃はオズワルドさまや金色の奥方と一緒に、アミラスフィア天環儀に着いていると思います……」

「アミラスフィア？」

問い返すと、シルマリルは窓の外に人差し指を向ける。

「月の周りを回っている、リング状のものがお見えになりますか？　あれは神代に創られた、なんらかの制御施設……なのだそうです。夜のあいだだけ立ち入りができるようになって……オズワルドさまのクレイドル計画の、決行場所とされています」

メリダはさすがに耳を疑う。

「そこに、ミウもついていったの？」

シルマリルは、はっきりと頷くのだ……。

動き出すのが少し遅かっただろうか……！　まさかミュールは、本当にこの時代でティンダーリアの民たちと運命を共にするつもりなのだろうか。それとも逃げ出せない理由があった？　シーザ秘書の足取りを半分は摑んだ、というようなことを言っていたが……。

どのみち、一刻の猶予もないのは確かだ。メリダは続けて頼み込む。

「シル、わたしたちもあそこへ行けるかしら？」

シルマリルは答えを教えるどころか――

廊下側へと腕を広げた。先導してくれる、というのだ。これがほかの塔の者に知れたらただでは済むまいに……！　メリダはエリーゼやサラシャと顔を見合わせ、決然と頷く。

それからシルマリルは、思い出したように言う。

「その、ちいさなその子も、ついてきてもらってください」

彼女の目線の先で、幼き黒水晶はすっかり身支度を整えていた。

寝ぼけまなこのくせに、得意満面でふんぞり返っている。

「フル・ディディヤ・スエディ・ワンク・スエディ・バル」

メリダたちは肩をすくめて、しょうがないなあと、彼女に手を差し伸べる。

考えてみれば、アミラスフィア天環儀とやらには、彼女の同胞であるティンダーリアの民たちが連行されているのだ。生け贄にするために……。黒水晶の彼女も幼いながら、感じ入るものがあるのかもしれない。

メリダは彼女のちいさな手を握り、あらためて皆の顔を順繰りに見つめる。

「行きましょう」

シルマリルを先頭に、一行はひそやかに走り出した。

とはいえメリダたちにはどうしても不安に思うことがある。あの太陽=月なる施設は途方もない高さに位置するのだろう。人間の足でどうやって辿り着くというのだろうか？

シクザール家秘蔵の、飛空艇プリマヴェーラでもあれば話は別なのだが……。

シルマリルは足を止めず、走りながら教えてくれた。

「そもそもこのバルニバビルの塔は、神代に建てられた、太陽を建造するための中継施設だったのです」

メリダたちが分からないという顔をしていると、彼女はさらに続けた。

「つまりはこの塔も神々の遺物。ロストテクノロジーが眠っているのです」

そこまで聞いて、ようやくメリダたちは納得がいったことがある。

粘土製の殺戮人形こと、スティグマのことだ。ノルマンディ氏は、『あれは元々塔の格納庫に眠っていた』と言っていた。さもあらん……あのマナ能力者をも苦戦させる超技術の兵器！　神代とやらがいかに高度な文明であったかを物語っているだろう。

あの人形すら、ロストテクノロジーの片鱗に過ぎない、ということは。

シルマリルは頷く。

「太陽への直通路はまだ活きているのです」

「ミウたちは、そこから先に向かったのね？」

急がなければ。その直通路とは階段だろうか？

となれば目的地は塔の最上階かと思われたが、しかしシルマリルは中庭を突っ切って、一階層を目指していた。メリダたちは、とにかくその背中を当てにするしかない。

ところがだ。静まり返った真夜中の庭園――

そこに何者かが徘徊していた。四つん這いで木々のあいだを駆け、メリダたちの目前に回り込んでくるや、赤い一つ目を強烈に光らせる。

進むな、という警告である。

言わずもがな、殺戮人形・スティグマだった。

シルマリルは恐れおののいて立ち止まる。一体どころではなかった。立て続けに四体もの巨人が押し寄せてきて、ぬるりと二足歩行へと移行した。

各々が右腕を振るうと、小枝のような突起から光が拡散。

それは蒼く、そして鋭利な武器を形作った——

空気の焦げる音。シルマリルは二歩、三歩とあとずさる。

「み、みなさまっ、お逃げください……！」

声を引きつらせながらもまくし立てる。

「厳戒モードで稼働している……！　クレイドル計画が行われるからです！　塔のなかで不審な行動をする者は、は、排除するようにと設定されてしまっています‼」

人形たちの威圧感をもっとも怖れているのは、幼き黒水晶だった。

ティンダーリアの民の故郷は、このスティグマらに焼き滅ぼされたのだという……。

メリダはシルマリルの肩を支え、入れ替わりに前へと出た。

「シル、この子のことをお願い」

続いて両隣にエリーゼ、サラシャと歩み出てくれる。

シルマリルと、その腕に抱かれる幼い黒水晶は、ぽかんとしていた。

「ど、どうされるおつもりなのですか……っ？」

目の前には四体もの巨人——

機械的に、警告は済ませたとばかりに、武器を見せびらかせてくる。

間合いに踏み込んだ瞬間、プログラムどおりに刃を振るうのだろう。

それが目に見えていたから、こそ。

メリダは両隣に問う。

「エリー、サラ、どれにする？」

直後、その姿が消えていた。

まばたきをしないスティグマでさえ、その速度を捉えることが困難だった。メリダは前もって思念力を高め、マナが解放されると同時に突っ込んだのである。あまりに前触れのない超スピードに、先頭のスティグマは赤い一つ目のなかで火花じみた信号を奔らせる。

防御プログラム——

その右腕が跳ね上がりかけた、寸前にメリダが組み付く。相手の手首を強引に捩れば、蒼い刃はコントロールを失った。そのまま力任せに振り上げさせる。

人形の首が刎ね飛ばされた。

途端に、がくんと腕から動力が失われる。それでも刃は輝きを保っていたのが好都合だった。メリダはホースで水を放射するかのごとく、脱力した人形の腕をおおざっぱに振るう。二体目、三体目のスティグマにとってはまったく不意打ちだったに違いない。

二本の腕が切り飛ばされた。武器を伸ばした腕だ。そのときにはとっくにエリーゼとサラシャも動き出していた。宙を舞った人形の腕を駆け抜けざまに攫い、無防備な人形たちの頭部に切っ先を突き立てる。

さしたる手応えもなく——

おぞましい切れ味を想像させて、立て続けに人形の頭部が真っ二つに裂ける。そのまま切断面をショートさせて、二体は地面に崩れ落ちた……。怖ろしいまでの威力だ。空気から鉄まで、触れた端から溶かし切るような構造になっているらしい。

それが、一騎当千のマナ能力者の手に渡った。

最後に残されたスティグマは一瞬にして不利を悟ったようである。後方に飛び退いた。四つん這いになって滑りながら止まり、頭部からなんらかの電子音を奏でる。

赤い一つ目を中心に光が集った。

心構えをする間もない。急激に圧力を高め、熱線を発射。

射線上にあえて滑り込んだのは、エリーゼだった。目を瞑ることもなく、迫りくる光線に対して刃を垂直に。かっ、と目を見開くと同時に、白銀の焔が爆発。

光線は一瞬にして、エリーゼのかざす武器に激突し——

そして鏡に映されたかのように跳ね返った。射線を遡り、発射口へと叩き返される。

すなわち、四体目のスティグマは熱線をぶっ放した直後には、後方へと吹き飛ばされていた。爆発音とともに芝生を転がって、四肢をねじくれさせながら倒れ込む。

その頭部は焼け焦げ、もはや原形を留めていなかった……。

メリダとしては、避けるまでもなかった、というところだ。

「さすが」

どうにか人形の腕から武器を引き抜こうと試みていると、サラシャが歩み寄ってきてくれた。彼女の持つ武器の切っ先を軽く突き立て、突起の根もとから断ち切る。

それを柄のようにして握れば、武器の現地調達は完了、というわけだ。

息ひとつ切らしていない三人に、やはりシルマリルは息を呑んでいた。

「あ、あの彼が生身でスティグマを倒したというのは、本当だったのですか……っ」

……もしかしたらメリダたちのせいで、フランドールの民に対する間違った認識が広まってしまうかもしれないけれど。

ともあれ、なんにせよ好都合だった。なにしろスティグマたちの携えていた武器ときたら、反り返った片刃であったり、穂先に重量のある槍の形状だったりと、メリダたちの手に実に馴染む構造をしてくれていたのである。

となれば――

四体目。自らの砲撃で吹き飛んだ最後の一体は、分厚い大剣を備えていた。メリダは同じようにその腕を断ち、握りやすい長さにして背負う。

「わたしはミウを追いかけるわ」

エリーゼとサラシャを等分に見比べて、作戦を確認するのだ。

「ふたりは塔に残って、脱出の準備をしておいて。先生を連れて、ロード・クロノス号を取り戻して――わたしたちが戻ったらすぐ出発できるように」

エリーゼはまなざしで。サラシャは声に出して頷く。「分かりました」と。

のんびりしている時間はなかった。塔の警備が四体だけで収まるはずがないのだ。中庭の騒ぎを察知して、至るところから無機質な獣が押し寄せてくる気配がする。さっそく、赤い一つ目が暗闇に瞬いた。ふたつ、三つと加速度的に数を増す。

エリーゼは呆けていたシルマリルの肩を押した。サラシャは槍を回して知らしめる。

「行ってください。わたしとエリーさんで敵を引きつけます！」

一瞬にせよためらっていたのは、シルマリルだけだ。メリダは鋭く頷き返すと、幼き黒水晶の手を引いて、友人たちとは反対方向へと駆け出した。

シルマリルは並んで走りながら、問わずにはいられないという様子である。

「み、みなさまはいったい何者なのですかっ⁉」

メリダは、ついおかしくなってきてしまう。

今の自分たちは公爵家令嬢の立場ではない。かと言ってこの古代で言うところのフランドールの民というのも、また偽りだ。

それでもなお、はためく矜持(きょうじ)は——

「戦士よ」

ひとえに、それだけだ。

† † †

バルニバビルの塔の、まさに中枢部——

そこは異質な空間だった。シルマリルに先導されて門(ゲート)をくぐった途端、一切の音が消えたのである。風の音も、虫の声も、はたまた剣戟(けんげき)も……たった一歩で遠い彼方(かなた)へ。

ひと目で造りが異なると分かった。なにしろ機械まみれだ。床には鉄板が敷き詰められており、壁には赤や緑のランプが瞬いて、ひっきりなしに電気信号が奔っている。

かなり広大……かつ、厳かな空間。

中央に円筒形の小部屋があり、上へと筒（チューブ）が延びている。その先端はどこまで続いているのか……なにしろその空間には天井が見えず、頭上は闇に蓋をされているのである。

メリダはその小部屋がなんなのか見当がついた。昇降機（エレベーター）だ。

となれば、行き先も明らかである。

シルマリルが、神妙な声で予想を裏付けた。

「軌道エレベーター――《ラビュリントス》です。神代のテクノロジーによって、この小部屋が月まで連れていってくれる……はずなのですが」

乗降口の隣には、いくつものボタンがついたパネルが埋め込まれていた。

シルマリルは手を伸ばしかけたが、ボタンの手前で指が迷子になる。

動かし方が分からないのだろう。こちらを振り向く。

正しくは、メリダの傍（かたわ）らにいる幼き黒水晶を。

「ティンダーリアの民であれば、こうした神代の遺物を使いこなせるのだそうですが」

幼き黒水晶は、状況を理解できているだろうか？

メリダの手を離して、進み出る。

気負いなくパネルへ手を置くと、あどけない指先でいくつかのボタンを押し込んだ。

途端、猛獣が眠りから覚めたかのように、空間そのものが轟いた。蒸気機関のエンジン音に似ている。壁際のランプが激しく明滅し、足もとの鉄板に震えが伝わった。

幼き黒水晶は見事期待に応えてくれたのだ！　彼女は我先にと小部屋に飛び込むと、待ち切れないふうにメリダを手招いた。

仲間たちが先に行っていることを、理解しているのだろう。

もしかしたら、メリダたちが行動を起こすタイミングを待っていたのかもしれない――

メリダは決然と足を踏み出した。

そこで、シルマリルが沈鬱そうにうつむいていることに気づく。

彼女はエレベーターの手前で、立ち尽くしていた。

「ここから先は……神々の領域と言われています。私では立ち入ることが許されません。申し訳……ありません」

道案内はここまで――

ここから先は、何が起きても不思議ではない、超常の領域というわけだ。

メリダはしばし、昇降口から引き返した。

シルマリルの腕を触り、上目遣いを受け止める。

「ありがとう、シル。とっても助かった」

ひと言ひと言、噛み締めるように、きちんと伝えなければならない。

「あなたがわたしたちを手伝ったことは、誰にも知られてないわ。すぐにここを離れて、そうしたら、もうわたしたちのことは忘れて？」

シルマリルはかぶりを振って、思い切りよく、頭巾を取り払った。

泣きそうな顔で笑って、こちらの手を握ってくる。

「あなたがたのことは、一生忘れられそうにありません……っ」

メリダも精いっぱい笑って、手を握り返す。

「それじゃあわたしも、ずっと覚えてるから」

握り合った手を二度、三度と上下に振って、それから離した。

メリダは身を翻して、昇降機へと乗り込む。

計ったかのように扉が閉じた。音もなくスライドして、外の光景を隠す。

シルマリルは最後に、祈るようにして胸の前で手を組んでいた。

その姿を、メリダはいつまでも忘れないだろう――

小部屋が、昇降機が動き出す。

もう外の景色は見えないが、あとは目的地への到着を待つだけだ。遥か、遥かな上空へ
……メリダは壁にもたれかかって、目じりに浮かんだ涙を拭った。

本来であれば、この古代の住人たちとは出会うことがなかった。

歴史を混乱させないよう、自分たちの痕跡を残すべきではない。

それでもメリダは、シルマリルに何かを伝えたくてたまらなかったのだ。

別れが切ない……。

またいつか、という願いは、五千年の時を越えても叶うだろうか。

見れば、幼き黒水晶もまた、どこか神妙な様子で黙りこくっていた。

神の言葉で呟く。

「ルーン・テスヤエディ・ワンク……」

誰に向けた言葉なのだろう。

それでもメリダには気づいたことがあった。

「最初に会ったときにも言ってたわね、『テスヤエディ』って。それってきっと、『助けて』って意味なんでしょう?」

膝をついて、幼い彼女と目線を合わせる。

「ようやく分かった……あなたはいつかティンダーリアの仲間たちが犠牲にされるって分かっていて、わたしたちに『助けて』って言っていたんだわ。そして、だからミウは『言うことを聞いてはだめ』なんて忠告してきたのよ」

それは歴史を変えてしまうことになるために――

メリダたちがそれをすることで、生まれるべきひとが生まれなくなるかもしれない。

それは自分たちかもしれない。

ミュールは、愛する友人たちのいる五千年後の未来を守るために、ひたむきにクーファの言いつけを守ろうとしているのだろう……。

メリダは幼き黒水晶の背中に腕を回して、抱きすくめた。

「ごめんね。わたしはあなたのお願いを聞いてあげられないの。だけど約束するわ、あなたをぜったいにひとりぼっちになんてさせないって」

体を離し、彼女のくりくりとした大きな目を覗き込む。

目いっぱいに笑った。

「わたしたち、姉妹になるのよ？　五千年後に目を覚ましたら、わたしを捜して。わたしの名前はメリダ――メリダよ」

幼き黒水晶は、ぱくぱくと口を動かす。

「めり、だ？」

「そう、メリダ。覚えていてね」

幼き黒水晶は、まるでキャンディを転がすみたいに口を震わせていた。

何を思ったのか、メリダへと抱きついてくる。

そうして耳もとに唇を近づけてくると――

ささやいた。

妖精の内緒話みたいに。

とても小さな声だったけれど、メリダには聞こえた。顔を離す。

「――それが、あなたのほんとうの名前？」

黒水晶の少女は、はにかんだ様子でこっくりと、頷いた。

メリダはおかしくなってきてしまって、花が咲くようにして唇がほころぶ。

「わたしも忘れないわ」

小部屋が緩やかに振動し始めた。

速度を落としているのだ。終着駅が近い――

メリダがそれに気づいたときには、もうすぐだった。立ち上がるのと同時に浮遊感が足もとを揺るがせて、振動が収まる。

獣の声に似た駆動音は、もう止んでいた。

扉が音もなくスライド――

その先の光景は、まさに神の領域だった。壁はガラス張りだ。凄まじい高高度の景色。

人間がこの地に足を踏み入れるのに、はたして何千年、何万年の月日を要するのだろう。

昇降口から出る間際（まぎわ）、メリダの脚が震えてしまったのもさもありなん。

けれど臆している場合ではなかった。ミュールはどこへ連れていかれてしまったのだろう。オズワルド氏の掲げるクレイドル計画とは、どこでどのように行われるのだろうか。

幼き黒水晶が先んじて駆け出した。

メリダは慌ててあとを追ったが、どうも闇雲に走り出したわけではないらしい。

見れば、床から台座が延びており、機械のパネルが乗っている。地上の昇降口にあったものと似ている。幼き黒水晶は懸命に背伸びをすると、パネルに左右の手を置いた。

ピアノを弾いているみたいにして、指先が跳ねる。

ティンダーリアの民――というより、神代の人々はどれほど高度な文明を誇っていたのだろう。世界そのものの基盤を創り、そして忽然（こつぜん）と消えたというのだから興味深い。

ガラス張りの壁に、なにやらノイズが奔（はし）った。

映像が映し出される。

設計図……のように思えた。中央に大きな球体があり、幾本ものリングがそれを取り巻いている。統制された、芸術品のごときバランスではないか。

メリダはすぐに気がついた。これが人工の太陽と、シルマリルの教えてくれたアミラスフィア天環儀とやらの構造に違いない。

リングの各所には文字が振られていた。メリダは「あっ」と気がつく。

「『ラビュリントス』……の、乗降口！　わたしたちが今いるのがここみたい」

メリダが指を差すと、幼き黒水晶がいくつかのボタンをタッチ。

映像が拡大されて、より詳細な構造を映し出した。

塔の賢人たちもまさしくここに降り立ったはずだが、周囲には一切のひと気がない。

幼き黒水晶は指遣いを速めた。映像のなかの円環が目まぐるしく回る。

メリダは目を凝らして太陽の構造を読み解いた。

「階層ごとに名前が付けられているんだわ……第一界――第二界――出入り口のここが最下層だから、《神門》って呼ばれているのね」

となれば、当然、気になるのは施設の最奥部である。

そこは《聖殿》なる、いかにも物々しい名称が振られていた。メリダは指を差す。

「そこがいちばん太陽に近い場所になるみたいだわ」

幼き黒水晶は、パネルの上で指を跳ねさせた。

映像が瞬時に、そして劇的に移り変わった。なんと、スクリーンにはどこかの室内の様子が映されていたのである。メリダは面食らった。見取り図どころか、あの映像はまさしく、聖殿とやらの内部の様子を知らせているに違いない。

予想に違わず、映像のなかには大勢の人間が映されていた。

オズワルド氏を始めとした、白装束の賢人たち――

そして、十数名にも及ぶティンダーリアの民だ。聖殿の中央には大きなクリスタルが浮かんでいた。ティンダーリアの乙女たちはそれを取り巻くように配置されている。

まさしく、儀式。

太陽という名の神に生け贄を捧げる、血の祭典だ。

金色の奥さまの御姿も、もちろんあった。もっとも目立つ相応しい立ち位置。相変わらず何事にも動じそうにない、超然たる面持ち……メリダは時計回りに乙女たちの姿を確かめるが、肝心の捜しびとは一向に見つからない。

ティンダーリアの輪のどこにも、ミュールの姿はなかった。

「どこへ行ったの？　ミウ……っ」

音が響いた。

映像の向こうからではない。地続きの、通路の先からだ。メリダははっ、と顔を振り向ける。

誰かが居る――だけではない。

戦士としての勘がすぐに気づかせた。戦闘音だ！　誰かが戦っている。

メリダは幼き黒水晶の手を掴み、スクリーンもそのままに駆け出した。

主要な面々は先ほどの聖殿に集っていた。であれば、ほかに何者がこのアミラスフィア天環儀に入り込んでいるというのだろう……一方はミュールに違いない。

彼女が戦っているのだとしたら、相手は誰だ？

進む先に何かが転がっているのが見えた。一軒家と見紛うように大きな――スクラップだ。機械の塊。メリダは駆け足をやめて、慎重に近寄ってゆく。

そして、背筋が凍えた。

二重の意味でだ。そのスクラップに見覚えがあったのである。

「ロード・クロノス号……っ⁉」

バルニバビルの森から消失したはずの、二号車から四号車ではないか！　横倒しにされていて、機関車との連結部が高温で溶かしたみたいに捩じ切れている。

「どうしてこんなところに……っ」

異常はそればかりではなかった。メリダの顔を青ざめさせたのは別の理由である。

誰が見てもあきらかだ。ロード・クロノス号は風化していた。

外装はひどく錆びついて色褪せている。ドアは外れ、窓ガラスは白くくすんでいた。車内は腐食して荒れ放題……どれだけ永いあいだ雨風にさらされればこうなるのだろう。

ありえなかった。メリダたちがこの車両を見失ったのはほんの二日前である。

あたかも、過ごしてきた時間が違うかのように――

また、轟音。

今度は近い。誰かが激しく争っているのは疑いようがなかった。メリダはロード・クロノス号のことを考えるのは棚上げにして、再び幼き黒水晶の手を引いて駆け出す。

メリダたちが降り立ったのは、アミラスフィア天環儀の最外周《神門》。

神々の時代、この《門》にはどのような役割があったのだろう。神が去り、ひとの手を離れ、今では幽霊すら寄りつかない墓所のように静まり返っている。

広間へと出た。まるで巨人の王さまが待ち構えているかのような、玉座に似た光景。

けたたましい爆発音――

と同時に、誰かが吹き飛ばされてくる。

メリダはそれにはっ、と気づいて、鋭く床を蹴った。左右の腕を広げながら飛び込み、床に激突するあわやというタイミングで、ひとりの少女を抱き留める。

言わずもがな、公爵家四人目の姉妹だった。

「ミウ！」

ミュールはこちらの顔に気づき、強がって笑う。

「来てくれると……思ってたわ。リタちゃん」

その手から、からん、と何かが床へ落ちた。

テーブルナイフである。ミュールは自嘲気味に言った。

「やっぱりこんなのじゃダメね」

メリダは周囲の暗がりに目を凝らす。遠近感がおかしくなるほど広大な風景だ。

「誰と戦っていたのっ？」

シーザ秘書だろうか？

けれど、三大騎士公爵家の魔騎士。聖ドートリッシュ女学園の最優秀生徒であるミュールを追い詰められる敵など、この時代にそうそう居るはずもないのだが……。

声が降ってきた。どこからともなく。

「――悪あがきを」

メリダはすぐに、声が聞こえてきたほうを睨みつけた。

そして、唖然となる。

先ほど、ロード・クロノス号を見つけたとき以上に――

† † †

同じ頃、アミラスフィア天環儀の最奥では計画が大詰めを迎えようとしていた。

そこは聖殿の名で呼ばれている。コントロールルームの役割だ。バルニバビルの賢人たちが調査したところによれば、太陽の内部で行われる《物質をぶつけ合うことによるエネルギーの生成》は、外部から制御しなければならないものらしい。

いにしえでは、人間が神と呼ぶ何者かがこの部屋に立っていたのだろう。

その場所には、今、オズワルドが立っている。

優越感で胸を膨らませながら——

「ようやくこのときが来たのだ」

誰にともなく呟く。

今やバルニバビルの主導権は彼のものだった。室内ではほかの十賢人たちがオズワルドの指示のもと、計画の最終調整に勤しんでいる。

立ち会っている賢人は、オズワルドを含めて七名——

クレイドル計画に反対した三人。エドガー、ハロルド、ノルマンディは地上に残っている。世紀の瞬間を欠席するとは、やはり彼らには覚悟が足りないと、オズワルドは思う。

結果を見せつければ、否応(いやおう)なしに思い知るだろう。

彼らの研究は無駄だった。

そうとも、と。オズワルドは歌うようにして口ずさむ。

「根暗のノルマンディでも、奇人のハロルドでも、夢見がちなエドガーでもなく、この俺が世界を救うのだ……‼」

賢人のひとり、ホアンコーラスがこちらに合図を出す。

すべての準備が整ったようだ……。

聖殿の中央に浮かぶ巨大なクリスタルは、太陽の状態を反映するコントロールパネルだった。その周囲にぐるりと、ティンダーリアの乙女たちを配置させている。儀式めいた光景だ。しかしこれから行われるのは、れっきとした科学！

オズワルドの研究が実を結ぶときが来たのである。

クリスタルの真正面では、金色の奥方が指示を待っていた。

オズワルドは高らかに腕を掲げ、振り下ろす。

「さあ歌え！　憐(あわ)れな泥人形(クレイドール)たちよ！」

金色の奥方は、言葉も理解できているまい。たおやかに頷(うなず)く。

左右の腕を広げた。すべてのティンダーリアの民たちがそれに倣(なら)う。

天使の歌声が響いた。

「ルーン・バル・ベスディヤ。フール・レスディヤ・バル」

金色の奥方に続き、ひとり、ふたりと歌声を重ねる。まるで織物（おりもの）のようだ。彼女らの髪色と同じ、色とりどりの声が繊細に折り重なって、クリスタルを包み込むのである。

賢人たちは思わず息を呑（の）んでいた。

オズワルドでさえ満足げに唸（うな）る。

「よいぞ」

なんとなれば、クリスタルは明敏に反応を示し始めたのだ。

神々がこの地を去ってから、何万年、何億年ぶりになるコントロールパネルへの指令……クリスタルの表面に電気信号が奔（はし）った。よく見ればそれは、文章だった。それとなく目にしたことのある、ネピリム語の文字である。

なんと書いてあるのだろう？

中枢メンバーばかりでなく、託宣人やほかの研究者も連れてくるべきだったか……。

世紀の瞬間を目撃しているのは、オズワルドを含めて七人の賢人だけ——クリスタルの中央に光が生まれた。光は文章となりクリスタルの表面を刻んだ。おびただしい記述が連なり、上端から下端まで隙間なく埋め尽くす。

——記す場所がなくなれば、どうなるのだろうか。

光は行き場を求め、クリスタルから溢れ出した。その勢いでぱきん、と角が砕ける。断面から光が噴出し、帯となってクリスタルを取り巻き始める。

イングゥアとフェルドゥナが泡を食っていた。顔を向けられるが、オズワルドには答えようがない。

この現象は——問題ないのだろうか。

ティンダーリアの民たちは歌い続けている。歌声に熱が帯びる。

金色の奥方は舞台女優のごとく、腕を広げて天を仰いだ。

「シャオ・フーン・ドルディヤ・リルム・バル。ルーン・エディヤ・エディン！」

その瞬間、クリスタルが血の色に染まった。

亀裂が奔り、断面から猛烈に光が噴出する。風が渦巻いた。まともな人間では立っていることもできない。それでもティンダーリアの民は、一心不乱に歌い続けている。

まるで魔女の儀式だ。

ことここに至り、いよいよオズワルドは飛び出した。

「やめろ！　歌うのを、やめろ‼」

クリスタルの起こす現象が、自分の手を離れていることをオズワルドは認めざるを得なかった。であれば見過ごすわけにはいかない。このクリスタルはコントロールパネルにして、その状態は太陽と直結しているのである。

背筋が凍えていた。

オズワルドは金色の奥方へと摑みかかり、無理矢理に歌うのをやめさせた。

「貴様、何をした！　た、太陽にいったい、何が起こっているのだ！」

金色の奥方は、少しも取り乱すことなく微笑んでいる。

そして言った。


「――もう遅い」


その姿が、ふっ、と掻き消える。

まるでまぼろしのようだ。彼女の肩を摑んでいたオズワルドは、唐突にその感触が消えてたたらを踏んでしまう。

周囲を見回しても、どこにもいない。初めからここにいなかったかのように。

「ど、どこへ行った⁉　戻ってこい！　ここに戻ってこい‼」

返事すらなく、辺りにはティンダーリアの民の歌声と、風の音が轟く。

賢人のひとり、アブドールが絶望的な声で呼んでいた。「オズワルド‼」。彼の計器が異常な数値を示しているらしい。オズワルドの頭上で、クリスタルがけたたましく割れた。たまらず頭を抱えて転がり込めば、いくつもの破片が降り注いでくる。

砕けたクリスタルの破片は、棘のようにも、剣のようにも見えた。

「おのれ……！」

オズワルドは破片のひとつを握り締めた。

じわり、と血が滴る。

† † †

メリダは、神門に現れたまったく予想外の人物の姿に目をしばたたく。

「金色の奥さま……？」

床に引きずるほど長い白金の髪をした、絶世の美女。

ティンダーリアの民の族長に連なる御方……。

その彼女が、たったひとりで、こんな場所にいるはずがない。先ほど、幼き黒水晶が映像で見せてくれたではないか。すべてのティンダーリアの民は、もちろん金色の奥方も、オズワルド氏らとともに最奥部の聖殿に集っていたはずである。

ニセモノ？

問いかけざるを得ない。

「ど、どうしてここに……聖殿にいたはずじゃあ」

金色の奥さまは、小刻みに頷く。

「さっきまで居た」

こともなげに。

「それから時間を遡り、こちらまで歩いてきた。それだけのこと」

メリダは今さらになって違和感に気がついた。奥さまと普通に会話ができているのである。そのことがひどく奇妙な感覚だった。

「お、奥さま、わたしたちの言葉が喋れたんですか？　ずっと隠していたんですか？」

これに対しては、彼女は肯定も否定もしなかった。

「学んだ」

と短く答えて、衣裳の袖を探る。

彼女が取り出したものを見て、メリダの背筋に電撃が奔った。いくつもの歯車を組み合わせた工芸品のような――クロノスギア‼　なぜそれが彼女の手に……金色の奥さまは、もうすっかり手に馴染んだと言わんばかりに、クロノスギアをもてあそんでいる。

「これを使えば……時間はいくらでもあった。誰もいない場所、誰もいない時間を渡り歩いて……少しずつ学んだ。お前たちの話は、すべて筒抜けだった」

メリダは無意識にかぶりを振る。

「そんなことが？」

それに答えたのは、腕のなかのミュールである。

「この世界のなにもかもは――風も、大地も、水も、光さえもロストテクノロジーによって生み出されたもの。であるならば――」

ため息とともに。

「《時間》すら例外ではない……だそうよ。途方もない話よね」

メリダは息を呑んだ。

金色の奥さまの魔力は底知れない。その手に時空の羅針盤であるクロノスギアが渡ってしまったために、彼女は時間を意のままにするすべを身に付けてしまったのだ。

誰がこの事態を引き起こしたのかは考えるまでもない。

金色の奥さまの後ろからもうひとり、女性が歩み出てきたとき、メリダは驚きはしなかった。

「……シーザさん！」

別れたときのままのスーツスカート姿——二日ぶりだが、はたしてシーザ秘書の体感ではどうなのだろうか。きっと彼女は金色の奥さまに匿われていたのだ。バルニバビルの人間が誰も居合わせない場所に、時間に絶えず移されていたに違いない。

ミュールが伝えてきた、『見つけたが居場所が分からない』の意味がようやく分かった。そんなふうに身を隠されては、まともな時間を生きている限り尻尾さえ摑めないだろう。だからあえて、確実にシーザ秘書が姿を現すだろうこの地、この瞬間に出向いたのだ。

シーザ秘書は平然とした態度だった。

少なくとも、そう見えるように装っていた。

「邪魔しないで頂戴」

やや裏返った声で。

「しつこい子たち……！　あ、あなたたちは絶対に、私たちの邪魔をすると思ってた！」

メリダはシーザ秘書ではなく、その傍らの金色の奥さまを睨む。

「——邪魔になると分かってたなら、どうして何度も助けてくれたんですか？　あなたが口添えをしてくれなければ、そもそもバルニバビルに受け入れてもらえなかった！」

奥さまは唇だけを動かす。

「あれは失敗だった」

まるで、何年も昔のことを思い起こすかのように。

「あの日、私もお前たちを捜しに行って、シーザを見つけた。私たちはとてもよい友人になった。だから同郷のお前たちも味方になると思った。しかしそれは違った」

彼女の声は透明で、感情の熱を感じさせない。

「シーザからすぐに、私の判断は誤りだったと教えられた。お前たちは私の味方にはならない。私たちの考えに賛成はしない……だから始末しようとした。なのに生き残った。あの男も、お前たち小娘も、しぶとく地面の底から逃げ延びてきた！」

メリダは今度こそ稲妻のような直感に撃たれた。

この古代にいるはずのないランカンスロープが、どうしてメリダたちの前に現れたのか……それはある意味で自分たち時間旅行者のせいだったのだ。

握り締めたこぶしが震える。

「そ、それじゃあ奥さまがあのとき、わたしたちを地下で殺そうとして……っ」

奥方はこともなげに頷いてきた。

「だが失敗した」

片手のひらにクロノスギアを掲げる。

「今度こそ消してやる。時間は、たっぷりとある」

ミュールが四肢に力を込めて、メリダの腕のなかから立ち上がった。

「奥さまにがっかりしている暇はないわ、リタちゃん。大変なことになってるの」

メリダも立ち上がり、反射的に身構えた。

大変なこと、とは？

言われてみれば、金色の奥さまはなぜ、オズワルド氏のクレイドル計画に賛成したのだろうか。クロノスギアを悪用して何を企(たくら)んでいるのだろうか。

それにシーザ秘書が肩入れしている理由とは？

ミュールは深刻な面持ちで語る。

「想像がついているでしょう？　今日この日！　バルニバビルの計画は失敗して太陽から光が失われてしまうの。それはティンダーリアの民が仕組んだことだったのよ！」

「えっ……!?」

メリダが耳を疑っている間もなく、金色の奥方が緩やかに首肯する。

「願いを叶(かな)えてやるまでだ。太陽(セントラル・サン)からエネルギーを引き出したいのだろう？　我々ならそれができる。馬鹿な連中……セントラル・サンはティンダーリアの城も同然だというのに、みすみすここへ招き入れるとは」

メリダは彼女を睨みつけずにはいられない。微笑みはすべて偽りだったのだ！

「世界をめちゃくちゃにするつもりで、言いなりになっていたのね⁉」

金色の奥方はむしろ、満足げである。

「お前たち時間旅行者のおかげで、より完全な形で復讐が叶う」

クロノスギアを高くかざした。

内側から光が放たれる。際限なく……まばゆい！　奥方はもうすっかり、あの機構を使いこなしているようだ。

その力をもって何をしようとしているのだろう？

金色の奥方は、うっとりとしたまなざしで語った。

「時間の破壊だ」

手のひらの光を直視し、すでにその瞳は目の前ではなく、別のどこかを見つめていた。

「昨日も、明日も、過去も未来も、今現在という概念すら消してやる。人間は永遠に、《世界が滅ぶ日》を繰り返すことになるのだ。く、く、く……！　私たちが味わった絶望を、終わりのない滅びのなかで思い知るがいい‼」

メリダは背筋が凍りつくような感覚に囚われた。

奥方の隣に立つ女性へと、訴えかけずにはいられない。

「シーザさんはそんなことに手を貸すんですかっ？」

シーザ秘書は何度も、落ち着きなく頷き返してくる。

彼女も、やはり、目の前ではない別の光景を見ているのかもしれない。

「き、聞いていなかった？　奥さまは時間を消してくれるの！　私はまた、生きている頃の社長に会える。彼といつまででも一緒に居られる‼」

冷淡に言い返したのはミュールだ。

「時間旅行者（わたしたち）がこの時代で何かをすれば、それだけで歴史が変わってしまうのよ。未来で生まれるべきひとがいなくなってしまうかも……そう都合よく、あなたの望みどおりになるのかしら！」

シーザ秘書は、まるで未知の言語を耳にしたかのような顔をした。

金色の奥方へと、弾（はじ）かれたように顔を向ける。

奥方は以前までのように、たおやかに微笑（ほほえ）んだ。

「――取り戻せる」

シーザ秘書は、それ見たことかとこちらへ言い返してくる。

「聞いたっ？　取り戻せるって！　望みどおりになるんですって‼」

ミュールは、肩をすくめるしかないといった様子だ。

「説得してもムダね」

メリダは背負っていた武器のうち、一本をミュールへと投げ渡した。

ふたりの握る小枝じみた突起から、蒼い光を放つ刃が展開。

それを並んで突きつけるのだ。数の上は二対二——否、三対二、か。

ミュールは油断なく後方へと意識を向ける。

「あの子は?」

幼き黒水晶のことである。面々のやり取りが理解できているのだろうか、どちらにせよ
その場に頑として踏み止まって、逃げはしないという面持ちである。

メリダは不敵に笑った。

「だってあなたよ? 逃げると思う?」

ミュールは大剣じみた武器を頭上で回し、正眼で構え直す。

それでこそ、という妖艶さで笑うのだ。

「わたしがここにいることが答えね」

静かにふたりの焔が解き放たれる——

アミラスフィア天環儀に灯ったその光は、まるで月に寄り添う連星のようにも見えた。

意味するところは、死に際を看取る、天の使いだ。

金色の奥方

種族:ティンダーリア

		MP	5000		
HP	???	防御力	???	敏捷力	???
攻撃力	???				
		防御支援	―		
攻撃支援	―				
思念圧力	??%				

※「MP5000」は本来あり得ない数字であり、つまるところ「底無し」を意味している。

CLASSICS.02　奥方の時渡り

時間旅行において最大のネックとなるのは、ワームホールを開くこと自体と同時に、その制御であるという。例えば時を越えたあとの《出口》の選定に万が一失敗した場合、ワームホールからの脱出の際に半身が引き裂かれてしまうといった危険も充分に考えられる。

クローバー社長の遺したクロノスギアは、この制御の要となる装置であるようだ。

金色の奥方はこのクロノスギアを手中に収めることで、非常に限定的な期間内ではあるものの、自在に時を渡る術を身につけた。いかに限定的とはいえ、それを実現させるティンダーリアの魔力と、失敗のリスクを露ほども怖れない彼女の精神力は尋常ではない。

剣など触ったこともなかったが、使い方くらいは分かる。

人体の急所へ突き刺せばよいのだ。幸いにしてティンダーリアの民は普通の人間と身体の作りは同じだった。しかも無抵抗。なにせ彼女らときたら、こちらが剣を手に脅しても一向に歌うことをやめようとしないのである。

制御の利かない蓄音機のようだ。

ならば壊して止めるしかない。

オズワルドはまたひとり、ティンダーリアの民の背中へと剣を突き入れる。

「その歌をやめろと……言っておるのだ！」

胸の中心から切っ先が突き出す。

蹴り飛ばして剣を引き抜けば、ようやっと歌声は止んだ。聖殿の床にはティンダーリアの民の遺体が、死屍累々。結局誰も彼も、賢人たちの言葉に聞く耳を持たなかった。

使う言語が異なるからだろうか？　否、そういう問題ではない。

殉教だ。彼女らは命を捨てて何かを成し遂げたのだ。

――いったい何をした？

オズワルドは血まみれの手に血まみれの剣を提げたまま、仲間たちを振り返る。

「どうだ⁉」

これでネピリム語を唱えていたティンダーリアの民はすべて息絶えた。

しかし、賢人のひとりルヒラムは操作盤（コンソール）の前で顔を青ざめさせている。

「だ、駄目だ、止まらない……！　月が見たこともない反応を起こしている……ッ！」

傍らのフェルドゥナが、モニターの一角を指差す。

「ねえ、これ――月から何か、霧のようなものが発生していない……？」

ルヒラムが目まぐるしくコンソールを叩（たた）く。

モニターを見つめる目が、痙攣（けいれん）しながら見開かれた。

「なんだ、これは……ッ？　観測したこともない物質――自然界に存在するものではない
――なんらかのエネルギーか……？　指向性が見られるが……」

エネルギー、と聞いて、オズワルドはひとかけらの期待を抱く。

「つまり、太陽は力を取り戻したということか？　クレイドール計画は成功したのか！」

ルヒラムは、モニターにかぶりついたままだ。

すでに、その表情が雄弁に物語っている。

「……否、そうじゃない。これはいわゆる——有害物質だ！　せ、生物にどのような影響を及ぼすのか、ま、まったく予測ができない!!　このままでは四十三分後には、地表のすべてがこの瘴気に覆われることになるぞ！」

モニターは次から次へと最悪な計算結果を映し出しているようだ。

ルヒラムは半狂乱で立ち上がった。

「こ、ここももう持たない！」

直後だった。聖殿の中央で、クリスタルが咆哮を上げた。

真っ黒い霧が噴き出してくる。これがルヒラムの言う瘴気とやらだろう。賢人たちはパニックに陥った。もっとも年少のゼンが絶叫している。

「退避を！　オズワルド、退避を！」

「ならん!!」

オズワルドは喉が張り裂けんばかりに叫び、ルヒラムをコンソールの前へと引きずり戻した。

血まみれの剣を振りかざして、逃げ出す者は足首を切り落とすと言わんばかりの形相だ。

「踏み止まれえ!!　こ、ここを放棄したら——世界は本当に終わりだ!!」

地獄の釜が開いたかのごとく、瘴気が溢れ出す。

それは七人の賢人を、ひと息に呑み込んだ――

† † †

異変は、さすがに地上の者たちにも伝わりつつあった。最初にそれに気づいたのは、やはりバルニバビルの研究者である。

なかでもハロルドとノルマンディ、そしてエドガーは、クレイドル計画の行く末を考えて眠れない夜を過ごしていたのである。まんじりともせず、月を見上げていた。

その月が、墨を垂らされたかのように、不吉に染まってゆく……。

あきらかな異常事態だと、誰もが気がついた。

エドガーは居ても立ってもいられず、自室から飛び出す。

「オズワルド……何が起こってるんだ……⁉」

塔の研究者たちも皆、目を覚ましている。窓から見下ろせば、下町にも灯りが次々に増えていた。きっと世界中どこの街も、同じような不安に駆られているに違いない。

中庭に出る。

そこではふたりの同志が空を見上げていた。ハロルドとノルマンディだ。

エドガーは息を切らせながら駆け寄り、余計な会話を省く。

「《上》からの連絡は?」

ノルマンディも深刻な面持ちである。

「先ほどまで中継を繋いでいたのだが──途切れた。呼びかけにも応じない」

その傍らで、ハロルドは望遠鏡を覗き込み月を見上げていた。

何かに気づいた様子だ。

「──暗いわ。暗くなってきた」

言われるまでもない。何せ夜の闇を見守っていた月が、その輝きを失おうとしているのだから。

そればかりではなかった。ハロルドは一度レンズから目を離して、また覗き込む。

「あれはなに……っ? 雲? 霧……? なぜ動いているの……!?」

肉眼でもはっきりと見えた。

それは月から溢れ出す、悪意そのもののようにも見えた。真っ黒い瘴気だ。またたく間に体積を増して空を覆おうとしている。《星》が見えなくなった。つまりは、大地の反対側にある街々も同じような状況ということだろう。

月が腐り落ち、空が悪意に覆われ、星が消える。

悪夢か、これは──

悪夢ならまだよかった。なにしろこの現実は寝ても覚めても終わることがない。いっそう悪いほうへと転がってゆく。空の瘴気は竜のごとく渦を巻いた。あぎとを見せつけて舞い降りてくる。エドガーはとっさに屋内へ逃げ込みたくなったが、間に合わなかった。

瘴気の塊が、眼下の平野へと激突する。

猛烈な勢いで膨れ上がった。河川が押し流され、山がひとつ呑み込まれる。急激に巻き込まれた風が竜巻となって、天へと立ち昇った。

そのような光景がバルニバビルの高台から散見できるのだ。現実感が失われる……この前代未聞(ぜんだいみもん)の事象を前に、人間が何かできることはあるのか……。

ちっぽけな人間たちはただ、超常のスケールに翻弄されるばかりだった。

また、幾本もの瘴気の筋が天から地上を目指す。

明確な目標があるように見えた。それらはバルニバビルに――エドガーたちの頭上に向かってくる。あっ、と驚く間もなく、風の唸(うな)りとともに瘴気が頭上を吹き抜けてゆく。

エドガーたち三人の賢人はとっさに頭をかばった。

ノルマンディがたまらずといった様子で叫んでいた。

「スティグマを！」

呼んでどうしようというのだろうか――

しかしこれが最悪の結果を招いた。賢人の呼びかけに応じて、何体もの粘土人形が中庭へと駆けつけてくる。

……様子がおかしかった。錆びついているかのように動作がぎこちない。

先ほどの、黒い瘴気を全身にまとっている。

ガタガタと、部品を撒き散らすかのような勢いで痙攣していたかと思えば――

口が、裂けた。

頭部に切れ目が入り、真っ二つに割れたのだ。生物的な舌が伸びて、エドガーらを挑発した。鋭い牙からは食欲旺盛によだれが滴っている。

赤い一つ目が、巨大化して押し上げられた。血管が放射状に走り血走っている。

奇声を上げた。『ギシャシャシャシャ……ッ』と。

嗤っているかのように。

そのような怪物たちに武器を見せつけられては、賢人たちはあとずさるしかなかった。

あきらかだ。スティグマはエドガーらを守ろうとしているのではない。

喰い殺そうとしている――

エドガーはもはや、引きつった声で呻くしかなかった。

「な、何が、どうなって……っ！」

自分たちで呼んだのが仇（あだ）になった。スティグマは四方八方からにじり寄ってくる。

エドガーたちは背中を押しつけてひと塊になるも、逃げ場もない。

ノルマンディが喚（わめ）き立てた。

「下がれ！」

スティグマたちに聞く耳はない。口と牙はあるくせに。

「賢人の命令だ！　下がれ！」

包囲は、むしろ着々と狭まる。

そのときだった。スティグマの壁の向こうから、麗（うら）らかな声が響いたのだ。

エドガーたちの理解することのできない、ネピリム語。

「フール・エディス・バル」

スティグマは声の主に明敏に反応した。

しかし引き止めることはできない。

銀色の髪の乙女が、ネピリム語で歌いながら歩みを進めてくる。

エドガーは彼女に馴染（なじ）みがあった。

もっと馴染みたいと願ってやまない相手だった。

けれど、結局、この期（ご）に至っても彼女の名前も呼べない。

「きみ……」

《銀水晶》と呼び分けられていたティンダーリアの乙女は、エドガーのほうを見ている余裕がなさそうだった。自分からスティグマの包囲網のなかへと入り込んできて、右の手のひらをかざす。

闇黒に染まりつつある月へと、手のひらを向ける。

そこから光が広がったとき、それは《盾》のようにしか見えなかった。

「シャオ・フル・ヘディヤ・イル・イディエ・シェイル・エディン」

歌声に応えて、光の盾は大きく展開してゆく。

際限なく守る範囲を広げ、やがてバルニバビルの面積すべてを覆い尽くした。塔に住む者たちはいっとき、夜空の惨劇を忘れた。歌声に聞き惚れている者もいた。

スティグマさえ、動作不良を起こしたかのように固まっている。

ハロルドが、いち早く気づいていた。

「超伝導ハーモニクスだわ……！」

エドガーが振り返ると、彼女は確信を持って頷いた。

「そうよ、内側から物質を逃がさないということは、外側からの侵入を防ぐということでもあるんだわ……！　彼女は、たったひとりで超伝導ハーモニクスを展開して、あの瘴気からバルニバビルを守ってくれているのよ……！」

それさえ聞けば、エドガーの決断は決まっていた。

すぐさま銀水晶の彼女の腕を摑み、引き止めるのである。

「今すぐに歌うのをやめるんだ！　きみの体が持たない‼」

本来はティンダーリアの巫女の総力でもって行う大仕掛けなのである。

それをバルニバビルの面積限定とはいえ、たったひとりで――

なおかつ彼女は、体の弱さから計画を外されているのである。

銀水晶の君は、訴えどおりすぐに歌うのをやめた。

口の端から、血が垂れる。

そのまま、糸が切れたかのように倒れ込んでしまった。

絶叫せずにいられようか――

「きみ‼　きみ――――――――――ッッ‼」

エドガーが彼女を抱き起こしたときには、もう手遅れだった。

息が止まっている……。

それに気づいた瞬間、これまでで最大の絶望がエドガーの背に降りかかった。バルニバビルを覆っていた光の盾が消え失せる。しかしそれすら意識できない。

ステイグマらも、思い出したように動き始める。ただ処刑のときが延びただけ……。

エドガーの全身が燃え上がった。だからなんだと――

燃える?

「あッ、熱い……っ!?」

エドガーは思わず跳ね上がった。前触れもなく、全身から炎が噴き上がったのである。

何が燃えているのかまったく理解ができない。腕をがむしゃらに振っても消えはしない。

「い、いや、熱くない!」

驚いたことに、ハロルドとノルマンディの体も同じように燃えた。

勢いよく炎が噴き上がる。しかしやはり、彼女らの肌も服も焦げてさえいない。

「これは……っ!?」

ハロルドもさすがに眼鏡の奥で目を見開きつつ、火の粉を撒く己の腕を見ている。

まだしも冷静に、気がついたようだ。

「地底湖であの子たちがまとった炎と同じ……っ?」

さらに興味深いのは、その輝きを前にした途端、ステイグマが怯(ひる)んだことだ。

まさしく炎に怯(おび)える獣のようである。それを目の当(まあ)たりにしたエドガーは敵愾心(てきがいしん)をかき立てられた。腕のなかの亡骸(なきがら)が、いっそう冷たく感じられる。

自らの燃える腕を振るい、火の粉を飛ばしてやろうとする。

「この、この！　この‼　この‼」

それは確かに相手を怯ませる効果があった。しかしあまりにも原始的な抵抗だった。

涼しげな声が、エドガーの行為を諫(いさ)める。

「その力はそのように使うのではありません」

誰かが悠然と、中庭に踏み入ってきた。

塔では馴染みのない、黒髪の美青年――

さもありなん。その彼はよそからの客人だった。フランドールの民と目されているところの、つまりはクーファ。衰弱していたのが演技だったかのような出(い)で立(た)ちである。

ハロルドの準備した白装束に、いつの間にか腰には黒刀を帯びていた――

信じられないほど気軽に、死地へ足を踏み入れてくる。

落ち着き払った態度で、講釈をしながら。

「この炎は《鎧(よろい)》です。あの瘴気(しょうき)から、そして敵の凶刃(きょうじん)から身を護(まも)る鎧――」

直後、スティグマがいよいよ攻勢に転じた。最大の脅威を感じ取ったかのように。

まさしく獣じみた俊敏さで、一体がクーファへと躍りかかる。

クーファの片腕が霞(かす)むほどの速さで跳ね上がった。

スティグマの額に、ぴた、と手のひらが当たった。

それだけで巨人は、あと一歩の間合いで動けなくなった。

生物的な本能を身に付けたことが仇になったのだ。まさに獣の直感が告げているに違いない。力の差を……これ以上踏み込めば命はない、と。

たとえおとなしくしていようと、同じなのだけれど。

クーファはそちらに顔を向けもしない。

「炎は鎧。そして鎧で固めた肉体は――」

いったん手のひらを引く。

こぶしを握る。

爆裂する蒼焰(マナ)。

どん！　と踏み込み、スティグマの顎を打った。首が飛ぶほどの勢いで巨人は垂直に舞い上がる。四肢を振り乱して、後頭部から地面に転がり込む。

もう動かないのを一瞥(いちべつ)してから、クーファは講釈を締めくくる。

「――攻撃力にも転ずる。これがマナ能力の基礎中の基礎です。覚えておいてください」

三人の賢人は、自分が理解できないことがある、という事実が理解できないようだ。

「マナ……？」

クーファは頷いて、ひとりへと視線を向ける。

「ハロルドさんでしたら、自分の身になにが起きているのか分かるのでは？」

言われて彼女は、思い出したかのように自らの体のあちこちを触った。

クーファから目を離せない様子で、小刻みに何度も頷いてくる。

「アタシたちの体のなかで……太陽と同じような結合反応が起こってる！　この炎に見える光はそれよ！　まるでアタシたち自身が、太陽になったみたい……！」

ノルマンディ氏は激しくかぶりを振っている。黒髪が乱れた。

「馬鹿な」

けれど、ハロルドは持論を譲りはしない。むしろ裏付けが取れたかのように。

「超伝導ハーモニクスの膜でアタシたちはあの瘴気から守られた。同時に、地上に残されていた太陽のエネルギーが膜の内側に濃縮されたのよ。それが人体に影響を及ぼしたんだわ……その可能性しか考えられない」

小難しい理論は専門家に任せておくとして、だ。

クーファは頷き、あらためてスティグマの群れへと向き直った。

否、すでに夜の瘴気に毒されて、ランカンスロープと化した化け物へ向けて、だ。

「もうひとつ、マナの使い方をレクチャーしておきましょう」

腰の柄を握り、すらりと刀を抜き放った。

抜いたと見えたときには、空間に三つの斬閃が横切っていた。

三体のスティグマの腕が同時に落ちる。彼らは驚くにしろ怯えるにしろ、反応が二回りほど遅れていた。クーファはすでに刀を頭上に振り上げている。

地面に落ちた腕に、さくさくと切っ先を突き立てた。

武器をほどよい長さで断ち切ったのだ。拾い上げたそれらを、無造作に放る。

ノルマンディ氏の手には荒々しい大剣が——

ハロルド女史のもとには洗練された槍が。

そしてエドガー氏の足もとには、実直な長剣が転がる。

クーファは彼らに進路を譲りながら言った。

「マナは意思によって動かすことができ、身体の延長上にまとわせることもできます。武器をマナで強化すれば、こぶしで殴りかかるよりも効率的に敵を仕留められるでしょう」

ハロルド女史は、槍の柄をおっかなびっくり握りながらかぶりを振っている。

「待って——待ってよ、整理させて頂戴。アタシ、武器なんて握ったことないわ！」

ノルマンディ氏も信じがたいという面持ちである。

だからといって、甘えを許さないのがクーファだ。

「ではこれから学んでください」

片腕を前方へと広げる。

「ちょうどよい《カカシ》も揃っております」

憐れなスティグマたちは、やり取りが理解できたかのように顔を見合わせる……。

ハロルド女史も、ノルマンディ氏もすぐには動き出せなかった。

低い声が聞こえたのはそのときだ。

「やってやる」

エドガー氏である。愛するひとを芝生に横たえて、転がっていた長剣の柄を摑んだ。

瞳が復讐に燃えているのが、誰からでも分かる。

「僕のせいだ……やってやる。やってやるぞ‼」

がむしゃらに地面を蹴り出し、雄叫びとともに斬りかかった。

その一太刀は、まぎれもなく人形の肩へ食い込み、抉り斬る——

クーファは二歩、三歩とさらに退きながら、奮戦を見守ることにした。その背中に靴音が駆け寄ってくる。ふたり分の軽やかな音色。

エリーゼとサラシャである。

「クーファ先生……っ！」

　クーファは油断なくスティグマの動きを見張りながら、教え子らに意識を向ける。

「いかがでしたか？　ロード・クロノス号の調子は」

　サラシャは何度も頷いてきた。

「いつでも動かせそうです」

　次に、目線をエリーゼへ。

「ワームホールのほうは……」

　彼女はいつもどおり無表情ながら、どこか得意げな雰囲気だ。

「だいじょぶ。まだあの森と繋がってた。あとはクロノスギアさえ取り返せば……」

　クーファはたっぷりと頷いて、最後に目線を上へ。

　もう見えない月――

　五千年後の世界で見慣れた、暗澹たる空へ。

　その向こう側でたしかに瞬く、希望の星を視る。

「あとはお嬢さまたち次第、ですか――」

　彼女らも今、懸命に戦っているに違いないのだ。

　目の前の不恰好な見習い能力者たちのように、焔を振り撒いて。

†　†　†

連携のタイミングは完璧だった。
メリダとミュールは左右から、相手の逃げ道を塞ぎながら剣を薙ぐ。
「エエイッ！」
刈り取る。
何もない空間に、蒼い刃の軌跡が残された。
メリダはとっさに剣を引き戻しながら、周囲を窺う。また避けられた！　あの強敵の
――金色の奥さまの姿はどこにも見えない。確かに切っ先で捉えたと思ったのに！
単純なスピードの問題ではなかった。
靴音は、メリダとミュールの背後から響く。
「お前たちは弱くない」
メリダたちが振り返れば、奥さまは優雅に散歩を楽しんでいた。
隙だらけだ。間違いない。ミュールは強烈に床を蹴り、警告もなく斬りかかる。
奥さまの重心、体幹の揺らぎ、反してミュールの繰り出す大剣の速度――どれをとって
も避けられないはずだ。存分に弧を描いて威力を溜めた一撃が、叩き込まれる。

メリダの動体視力でも、刃が達する瞬間まで奥さまがその場に居るのが見えた。

しかし空振る。

目標を見失ってミュールはたたらを踏み、大剣に振り回される。左右を見回しても、奥さまの姿は忽然（こつぜん）と消えていた。避けたのではない、消えたのだ！

奥さまの声は平然と響く。

「時間の残酷さに抗（あらが）える者などいない」

声の方向は、この広大な空間の高台だった。あたかも巨人の円卓のごとく、壁一面に遠大な規模の彫刻が施されているのである。

その高みに奥さまは腰かけていた。

攻撃を避けると同時によじ登ったとでもいうのだろうか。あの一瞬で？　ありえない。仮にメリダやクーファでさえ、物理的に不可能な位置関係なのだ。

奥さまは片手でクロノスギアをもてあそんでいた。――それが答えだ。

「さっきまでそこに居た」

自らの座る場所を指差す。

「少し《戻って》、歩いた。それだけのこと」

メリダはあらためて彼女へと向けて、剣を構え直した。しかし無意味かもしれない。なにしろ奥さまがその気になれば、次の瞬間にはこちらの真後ろに立つこともできるのだ。

どうりで、ミュールほどのマナ能力者が苦戦させられるわけだ……！

奥さまは、「さて」と呟いて腰を上げる。

懐からなにかを取り出す。

柄、だった。それを小刻みにはね上げると、蒼い刃が展開して空気を震わせる。

サバイバルナイフのような形状だ。

「お前への対応も《学んだ》。繰り返し、想定した。もう怖れるものはない」

その姿が消える。

瞬間移動に勝るとしたら、《勘》だ。メリダが反射的に剣をはね上げたのは直感にほかならなかった。いつの間にか目の前に振り上げられていたナイフが、叩きつけられてくる。

ロストテクノロジーによる刃が噛み合い、どこか電子的な剣戟。

奥さまは滑るような足運びでこちらへ肉薄。その細い指先からは信じがたい精密さの剣撃が、二度三度と続いた。メリダは剣を垂直に立ててかろうじて受ける。強烈な四発目を受け止めたと思ったら、右の脇腹に重い衝撃。

奥さまはすでに正面にはいなかった。

背後で回し蹴りを放っている。まったくの不意打ちにメリダは床へと転がされた。すぐさま受け身を取るも、「げほっ」とせき込むのは抑えられなかった。

ミュールが庇うようにして、メリダの前へ回り込んできてくれる。

しかしそれさえ、前方を守ることに意味があるのかどうか……。

メリダは脇腹の鈍痛を我慢しながら、精いっぱいに強がるしかない。

「奥さまったら……意外と武闘派ですのね……っ！」

奥さまがサバイバルナイフを扱う手捌きは、まぎれもなく熟練者のそれである。

こともなげに答えてきた。

「同じことだ。学んだ」

やや、誇示するような声音になる。

「お前たちマナ能力者の特徴も、弱点も、シーザから教えられた。人間から受けた仕打ちを思えば、鍛錬も勉学も苦ではなかった。時間は、いくらでもあった」

メリダはそのときになって気がついた。

二日前に初めて会ったときと比べて、金色の奥さまはあきらかに老け込んでいた。自慢の髪にも潤いがなくなり、縮れている。

人前では、圧倒的なカリスマを楯にごまかし続けていたのだ。

しかし、もうその必要もないとばかりに、悪意と本性が剝き出しになっている……。

彼女の鋼の肉体は、もはや長年の修練を積んだ老兵のそれである。加えて、ティンダーリアの民由来の魔力……！　マナ能力者を返り討ちにする心構えは万端のようだ。

メリダたちは攻めあぐねる。

金色の奥さまは、クロノスギアを頭上高く掲げた。

「ひと足先に案内してやろう」

広間が揺れる。

ただごとならぬ事態だと本能で分かった。床が際限なく揺れを強めて、立っていることさえ難しい。しかし、どこへ退避するべきなのか、何が起きているのかも分からない。

ミュールは息を詰めて周囲を探っていた。そして、一瞬早く気がついた。

こちらの腕を掴み、思いきり跳ぶ。

「リタちゃん‼」

直後に床が抜けた。

広間の中央から、重さに耐えかねたかのように床が引きずり込まれてゆく。その下がどこへ繋がっているのかと思えば、どこでもなかった。空間そのものがねじくれている。

あたかも蟻地獄だった。メリダとミュールはがむしゃらに広間の隅へ駆ける。

おぞましいことに、この空間の渦がなにを意味するのかを知っていたのだ。

「ワームホールだわ！」

過去から未来。あらゆる時空間をぶち抜くトンネル。それを奥さまはたったひとりで開いたのである。そのトンネルの危険性はメリダたちもその目で見知っていた。生身で取り込まれたら、圧倒的な情報量の激流に魂まで削り落とされてしまうのである。

床の崩落に呑まれたら一巻の終わり。逃げるしかない。

そう考えた直後、目の前に金色の奥さまの姿があった。

慈愛に満ちた微笑みで、足払いを掛けてくる。

メリダは勢いのままに転がり込み、踏み止まろうとした床が、あろうことか抜けた。

右半身が支えを失う。

とっさに体勢を立て直せない――

ミュールがそれに気づいて、絶叫した。身を翻しても間に合わない。

「リタちゃんッ‼」

届かないとは分かっていても、メリダは手を伸ばさずにはいられなかった。

何かに触れる。

手首を強く摑まれて、引っ張り上げられた。危ういところで生還し、再び無事な床の上へと投げ出される。したたかに手足をぶつけたが……痛む体があるということが、どれほどありがたいか。

メリダは茫然と見上げた。

ミュールでは間に合わない位置だった。

救いの手を差し伸べてくれたのは、シーザ＝ツェザリ秘書である。

「シーザ……さん？」

メリダはお礼を言うことも忘れていた。なぜ助けてくれたのだろう？

シーザ秘書は、落ち着きなく目を泳がせている。自分でも分かっていない様子だ。

なぜとっさに、メリダの手を掴んだのか――

しかしその事実だけで、金色の奥方の不興を買うのに充分だった。

「ユンブグール！　せっかくのチャンスを！」

シーザ秘書ははっ、と我に返って、メリダの肩を突き飛ばした。

逃げるみたいにして、金色の奥さまの傍らへと引き下がる。

「も、も、申し訳ありません、奥さまっ……つ、つい……！」

奥さまは羽虫を追い払うかのように手を振る。

「お前は下がれ！　私が望みを叶えてやろう」

「……っ」

言われるままにシーザ秘書は二歩、三歩と遠ざかり、入れ替わりに奥方が前に出る。

クロノスギアを見せつけるようにかざした。メリダとミュールは武器を構える。

戦況は悪いままだった。メリダたちのすぐ背後では床に大穴が開き、その下は時空間がねじれて渦を巻いているのである。そこに奥さまが言うところの《小娘》をふたり放り込むことなどわけはないだろう。

思うままに時間を渡り、死角から手を伸ばせばよいのだ。

まさにそうしてやるとばかりに、奥方はクロノスギアへと意志を込める。

しかし、そのときだった。

歌が響く。

あどけない歌声だ。なんと歌っているのかは分からなかった。なにせ《神の声》と称されるネピリム語である。場違いに麗(うら)らかなその旋律に、メリダはいっとき目の前の惨劇を忘れた。

歌っているのは、幼き黒水晶だった。

その歌詞は、同じティンダーリアの民である金色の奥方のみが知る。

奥方は幼い同胞を振り返った。

「……シャオ・シャンディエ・サディス・ルドゥエ」

奥方が何かを唱える。それに対して、幼き黒水晶も歌声に熱を込める。

奥方はクロノスギアへと訴えかけた。「ルディヤ・ルドゥエ」と。

クロノスギアはそれに応じかけたが、幼き黒水晶の歌声がかぶせられた途端に、それが子守歌であるかのように光を弱めた。両者がなにを応酬しているのか、はたから見ているメリダにも分かった。幼き黒水晶は、奥方の時渡りを阻害しているのである！

奥方は凄まじい形相で激昂した。

「バル・スゥ・ドルグゥンツ‼」

あまりの大声に、幼き黒水晶はびくっ、と跳ね上がった。

奥方の糾弾は止まらなかった。

「バル・スゥ・ムル・ティンダァァ――――リア‼」

メリダはとっさに駆け出して、幼き黒水晶をかばうように回り込んだ。

幼い少女は震え上がっているが、代弁せずにはいられない。

「この子の気持ちが分からないの⁉」

金色の奥方は無言で睨みつけてきた。

気概で負けてはならぬと、メリダも懸命に踏み止まる。

「わたしには分かるわ。あなたよりもよっぽど！　この子は、あなたたちを助けたかったのよ。これ以上仲間を失いたくなかった。生きていてほしかった！　だからわたしたちに助けを求めたんだわ。自分の命を捨てて世界に復讐するなんて、あなたたちティンダーリアの計画はめちゃくちゃよ！」

奥さまは、少しだけ遠くを見るようなまなざしになった。

「私が助けたいと思ったひとは——もういない」

メリダはどうしようもなく悲しくなる。

奥さまは小刻みに頷いた。

「夫も、子供も」

もしかしたら彼女は、時間を破壊することで過去に生きていた家族と再会したいのかもしれない。どうりでシーザ秘書と共感し、手を携えたわけだ。

ただし、ふたりが決定的に違うのは——

金色の奥方にはそれを為せる力と、どれだけのものを破壊し、犠牲にしても顧みることがないという、錆びついた鋼鉄のごとき信念があるということだ。

頑としてクロノスギアを掲げる。

そうはさせまいと、その背後に漆黒の風が躍りかかった。ミュールだ。奥方は身を屈めて一太刀目をかいくぐり、続く二撃目を片手一本のナイフで受け、捌く。

暗闇に弾（はじ）ける、蒼（あお）い火花。

ミュールは息継ぎもなく打ちかかった。奥方は、どこにそれほどの膂力（りょりょく）があるというのだろうか。重々しい剣戟（けんげき）にも体幹を揺らすことがない。

刃（やいば）が噛（か）み合う。

鍔迫（つばぜ）り合いの体勢で、膠着（こうちゃく）した。否（いや）、奥方が一歩踏み込めば、ミュールは上体を仰（の）け反らせながらなんとか持ちこたえるといった形勢だ。

ミュールの決死のまなざしを受け止めて――

ふいに、奥方の眉がひそめられた。

右手のひらに握ったクロノスギアが、蒼い光を二度三度、撥（は）ね返す。

はっ、と。鋭く息を呑んだのが分かった。

「……ようやく分かったぞ、お前の正体！」

額を近づけ、噛みつかんばかりの形相で睨みつける。

「仲間を失い、記憶を失い――神の言葉を捨ててなお、私を邪魔立てするか‼」

ミュールは今にもその圧力に膝を折りそうだ。

けれど、そこで毅然（きぜん）と言い返すのが、彼女たるゆえんである。

「ええ、そうよ！」

一歩、無理矢理に足を踏み込んで。

「わたしはあなたの野望を食い止めるために、五千年の時を越えてやってきたの！」

双方の圧力が空間に亀裂を奔らせる。メリダでさえ迂闊に踏み込むことができない。

分が悪いのはミュールのほうに見えた。

彼女はたまらず一歩引いて、うつむく。

なにかを呟いていた。

「ええと――バス――じゃなくて――ルイ、ルイ――………」

金色の奥方も眉をひそめる。

直後、ミュールはきっ、と面を上げて、叫んだ。

「《バエス・ルーティエ》！」

それはネピリム語だった。メリダにも聞き覚えがある。この古代世界にやって来たばかりのとき、幼き黒水晶に手を焼かされたあの呪文――

ということは。

前触れもなく突風が渦巻いた。金色の奥方の長い長い髪をかき混ぜて、それは彼女の顔にまとわりついた。これには奥方でさえ、足元がおぼつかなくなる。

「ぬおッ……!?」

一瞬の隙だった。

ミュールはまばたきの暇もなく踏み込み、死神の一閃のごとく大剣を振り上げる。「ヤアアッ！」という気合いとともに、奥方の手からナイフが弾かれた。

奥方は武器を手放すまいとしてしまった。

すると勢いに負けて、ナイフがすっぽ抜けていくと同時に転がり込んでしまう。

そこはあろうことか、ワームホールの崖っぷちだった。転落する間際で穴の縁を摑み、

しかし左手側の床石が、体重を支えられずに抜け落ちる。

右手一本でぶら下がっている状態だ。

長身の彼女である。足の爪先はもしや、ワームホールの激流に接しかけているのではなかろうか。その表情が恐怖に引きつり、よりいっそう老衰を露わにした。

醜悪さを隠しもせずに、喚き立てる。

「クロノスギアを寄越せ‼」

メリダははっ、と気づく。それは奥方の手を離れて床に転がっていた。

しかしそのもっとも間近にいて、誰よりも早く手に取ったのは、シーザ秘書だった。

「……シーザさん！」

メリダは懸命にかぶりを振って訴えかけた。

金色の奥方に手を差し伸べても構わない。けれどクロノスギアだけは取り上げなければダメだ！　それを彼女の自由にさせたら、また思う存分にときを渡り歩いて態勢を立て直し、何度でも、時間の破壊を目論むだろう。

メリダは手を差し出した。

「クロノスギアをわたしに！」

シーザ秘書はやるせなさそうな表情をしていた。

穴の縁から金切り声が急かす。

「ワエオーズ！　取り戻したくはないのか！」

シーザ秘書は、メリダの顔とワームホールとを見比べる。

あまり迷った様子もなかった。

ワームホールの傍らに膝をついて、手を差し伸べるのである。金色の奥方は歓喜の表情だった。差し出された腕に爪を立て、血を滲ませながら這い上がろうとしている。

「いいぞ！　それでよい。さあ、クロノスギアを！」

シーザ秘書は痛みに耐えながら、左手のそれを差し出そうと握りしめた。

親指が、意図せず機構の深みに嵌まる。

その瞬間だ。

声が響いたのである——

『ピンポンピンポン！　大・当・た・り〜〜〜っっっ！　オォ〜ッホッホッホ！』

まったく場にそぐわない、陽気な声……メリダたちはもちろん呆気に取られたし、金色の奥方も何が起きたのか理解できなかっただろう。

シーザ秘書は違った。その声によって、瞳に光が灯る。

「クローバー社長……？」

それは、ロード・クロノス号に仕込まれていた彼の《遺言》のひとつだったのだろう。

電子的に、一方的に、こちらの都合もお構いなしにまくし立てるピエロ・ヴォイス。

『よもやこのシークレット・メッセージにお気づきになるとは、アナタ、とても御目が高い！　ホッホウ！　——デスが、そのう』

なぜか言いよどむ。

彼にしては珍しく、歯切れの悪い声音になる。

『実を言うとこのシークレット・メッセージだけは、タイムマシンの取り扱い説明というワケではなく……ワタクシの個人的な！　エ〜……最期の、言い残しと申しましょうカ』

そのメッセージだけは、他のものと違って録音された環境が違うようだ。

多くの雑音が混じっている。大勢の行き交う気配、賑やかな話し声……いつ録られたものなのだろう？

クローバー社長の独白は続く。

『頼もしい協力者たちによって、もうじきワタクシの夢が叶えられようとしていマス。タイムマシンが！　今まさに動き出そうとしているのデス。ワタクシは、やるべきコトをやり終えマシた。ただ、たったひとつ——あとひとつだけやることが残っていテ』

取り留めもなく、彼は告げた。

『タイムマシンに名前を付けようと思うのデス。ずっと考えていて——もう少しで答えが出せそうなのデス！　エエ、良い名前を付けようと思いマス。前向きな名前ヲ！』

なぜなら、と彼は言った。

なぜなら——と、何度も繰り返した。

『なぜなら、ネ？　たとえ向かう先が過去の世界であっても、それが死出の旅になろうとも——』

噛み締めるように、頷くのが視えた。

『それがワタクシの未来なのデス』

シーザ秘書が、ため息の塊を零していた。

録音はまだ終わっていなかった。クローバー社長の独白に誰かが割って入ってくる。

ほかならない、彼の秘書の声だった。

『クローバー社長？　こんな暗いところで……何をなさっているんですか？』

ヒールの靴音。

『つつがなく準備が終わりましたわ。皆、社長をお待ちです』

『オウッ、シィーザ！』

クローバー社長は大げさに身を翻(ひるがえ)し、メッセージを吹き込んでいたことをごまかしたようだ。

やや遠ざかったふたりのやり取りが聞こえる。

『すぐに参りますヨォ～～～⁇　ワタクシの素晴らしき秘書！』

『ウフフ……社長ったら』

メリダも何度か目にしたことのある、おかしな主従のお馴染(なじ)みのやり取りである。

しかしその録音のなかでだけは、少し違った。クローバー社長はいつもどおり茶化して話題を変えるのではなく、どこか神妙な声音でこう繰り返したのである。

『ワタクシの本音ですよ、シーザ』

答える秘書の声も、少し面食らっている様子だ。

『社長……？』

『ワタクシ――パパンにもママンにも見放されて、天涯孤独で旅立つことになるのだと思っておりマシた。だけれど最後に、アナタという理解者に出会えタ』

最高のピエロ・スマイルを浮かべたのが、視えた。

『ハッピィです』

彼の秘書が涙ぐんでいるのが、メリダにはありありと想像できた。

なぜなら、目の前にいる彼女も涙を浮かべていたから。

シーザ秘書はクロノスギアへと涙の粒を落とし、呟く。

録音と違わぬ声音で――

「『わたくしもですわ、社長』」

シーザ秘書が、なんらかの答えに辿り着いたのがはたから見ていても分かった。それで慌てたのが金色の奥方だ。死に物狂いで爪を立てながら、壊れたように喚く。

「取り戻せる‼」

シーザ秘書の袖口にすがりつく。

「また会える……‼」

シーザ秘書は彼女へと、小刻みに頷いた。

床に転がっていたサバイバルナイフを手探りで掴み、奥方の命綱となる右腕の袖に切れ込みを入れた。

破けていく。体重を支えかねて繊維が千切れる。

シーザ秘書は最後に頷いてみせた。

「ええそうよ」と。

自分を叱りつけるかのように、目いっぱいの声で叫ぶ。

「私と彼は、この先の未来で、また巡り逢うの！」

袖が引き千切れた。

奥方の体が宙に投げ出される。

何も掴めるものはなかった。自らが開いた時空の穴に背中から落ちて、そのまま為すべなく呑み込まれてゆく。膨大な情報量が彼女を荒波へと引きずり込んだ。奥方は最後の最後まであがこうとした。伸ばした腕が、銀色の水流に削り切られる。

「――――」

ネピリム語で、誰かの名前を呼んだように見えた。

言葉が通じなくても、メリダにはその意味が分かるような気がした――

ものの一瞬で、金色の奥方は水没する。もはや時空間の奔流のどこにその姿があったのか、誰にも判別ができなくなった。やがて、彼女がねじくれさせた時空間の穴は、歪みが矯正されるかのように逆巻いて戻ってゆく。

あとには、床を大きく抉(えぐ)り取った崩壊の痕だけが残された。

それから、辺りに満ちた静寂が――

時間を巡る戦いが決着したことを、ひそやかに告げたのである。

† † †

ごめんなさい、とシーザ秘書はうなだれていた。

床にへたり込んだまま動こうとしないので、メリダはその手首を握る。

清々(すがすが)しく聞こえるようにと、声を弾ませた。

「とっ捕まえたから――これでもう、悪いことはお終(しま)いです」

シーザ秘書は自分を許せないかもしれない。

けれど、今はメリダたちがなだめている暇も、彼女に懺悔(ざんげ)させている時間もなかった。

揺れる。

床が突き上げられた。一度だけならまだしも、揺れが収まらない。微細な震動がいつまでも広間を揺らし、高い天井から砂ぼこりが降り注いでくる。

ミュールは複雑そうなまなざしになった。

「……ティンダーリアのみなさまが、計画をやり遂げてしまったんだわ」

メリダなどはもはや、これから何が待ち受けているのか想像もできない。

「どうなるの？」

その疑問に答えてくれたのはシーザ秘書だった。

金色の奥方に同調していた彼女は、より深く歴史の真相に触れていたのかもしれない。

「ティンダーリアの民は……太陽の機能を反転させる、と奥さまはおっしゃっていたわ。それがどういう意味なのかは、わ、私には分からない。けれど、そのせいで月から溢れ出た瘴気が世界を満たして、地上にランカンスロープがはびこることになるのよ……」

そこでいっそう声を震わせる。

「こ、ここにいたらマナ能力者でさえ無事ではいられないわ！」

そうと分かれば、メリダは力を込めてシーザ秘書を引っ張り上げるのである。

「行きましょう！」

忘れものはないだろうか？

メリダは一度だけ広間を振り返って、それに気がついた。

幼き黒水晶が……床に開いた大穴の縁に佇んでいる。もうワームホールは閉じて、生々しい破壊の痕が残されているだけだ。

ティンダーリアの民たちは、我が身を犠牲にした計画をやり遂げてしまったという。

それを指揮した金色の奥方も、時空の狭間(はざま)へと消えてしまった。

幼い少女はひとりぼっちで取り残される……。

メリダはどうしようもなく胸が締めつけられた。自分が何をしてあげられるだろうか。

迷っていると、先んじて歩み寄っていく少女がいる。

ミュールだ。

同じように、穴の縁に立つ。

……どう慰めるつもりなのだろうか？

しばしふたりの背中を見守って、メリダは唐突に気づく。

ミュールは慰めようとしているのではない。あのふたりは同じ心境なのだ。ミュールは幼き黒水晶の隣に並んで、対等の位置で、同じものを見ているのである。

「何も覚えていないはずなのに――ヘンね」

と、彼女はぽつりと零す。

「なんだか胸にぽっかり穴が開いたような感じがする」

幼き黒水晶は、不思議そうに傍(かたわ)らの彼女を見上げた。

ミュールはそちらを一瞥(いちべつ)し、そして言う。

「泣き虫」

ひどいっ、とメリダのほうこそがショックを受けた。

幼き黒水晶もその言葉が悪口だと分かったらしい。ほっぺを膨らませてミュールに向き直る。抗議のつもりで人差し指を突きつけた。

ミュールはたやすくその手のひらを摑んで、握る。

「泣いてる場合じゃないのよ？　五千年後はあなたがここにきて戦わないといけないの」

まだ幼い少女のこぶしを、包み込むように握った。

「わたしたちで、わたしたちの未来を守るの」

幼き黒水晶は、まだ言われている意味がよく分かっていない表情だった。

それは言語が異なるからでもあるし、彼女が幼いからでもあるだろう。

だけどいつか、今のミュールの言葉が心に響くときがくる。

それは、今まさに、彼女自身が証明しているのだから——

広間がいっそう激動する。同胞を悼んでいる時間も、もう許されない。

ミュールは幼き黒水晶の手を強く握って、身を翻した。

「さあっ、みんなが待っているわ！」

メリダも頷いて、シーザ秘書とともにきびすを返す。

目指すは軌道エレベーター《ラビュリントス》の昇降口だ――

それは距離的にはさほど離れていない場所にある。ロード・クロノス号の錆び朽ちた車体を横目に見て――起動されたままのモニターを放置して――あった。小部屋が口を開いて、乗客を待ちかねている。

幼き黒水晶が、息を切らせながら操作盤を指で叩いた。

ブザーじみた音。

幼き黒水晶は目をしばたたき、同じ操作を繰り返した。しかし、不機嫌そうな電子音が返ってくるのみ……。

ロストテクノロジーに疎かろうと、なんらかの不具合が起こっていることはひと目で分かった。ミュールは冷や汗を浮かべる。

「どうなってるの？」

メリダは試しにエレベーターへ乗り込んでみるが、照明さえも歓迎してくれない。

「動かないわ！」

シーザ秘書は爪を噛んで深刻に考え込んでいた。

はっ、と面を上げる。

「……太陽光エネルギー！」

「えっ？」

「ア、アミラスフィア天環儀(てんかんぎ)の動力は太陽の光で賄われているの！　そ、それが途絶えてしまったから、今、この施設では動力が足りなくなっていて——」

軌道エレベーターを行き来させる余裕が、もうなくなっているというわけだ。

メリダは本格的に頭を悩ませた。ここが高度何千メートルなのか、何万メートルなのか見当もつかない。なんにせよ、生身では地上まで無事に辿り着けやしないだろう。

「どうしたら……！」

幼き黒水晶はぱっ、と身を翻(ひるがえ)した。

どこへ行こうというのだろうか？　メリダたちはつられてついてゆくしかない。

幼き黒水晶はまた例の台座の前へと向かった。天環儀の全体像を映し出してくれる便利な代物だ。めまぐるしい手つきで操作盤をタッチして、ひとつのボタンを押し込む。

モニターには、《聖殿》と名付けられたコントロールルームが表示された。

幼き黒水晶はモニターを指差して、ネピリム語で何ごとかを訴えている。

メリダはミュールの顔を見た。

ミュールは、まるでネピリム語を思い出したかのように悟る。

「……太陽光、って言ったわね？」

シーザ秘書が何度も頷いたのを見て、ミュールも語気を強めた。

「わたしたちのマナで代用できるんじゃない？　だって太陽の力だもの！」

聖殿であればその操作を受け付けてくれるのかもしれない。

メリダは感心しきりだった。幼き黒水晶を見て、次にミュールへと笑顔を向ける。

「ミウっ、あなたって賢いのね！」

「えっ？　ええと」

ミュールは少し、複雑そうにしていたが――

髪をかき上げるのだ。

「よく言われるわっ？」

そうと決まれば、さっそく聖殿に向かわなければならない。

揺れは徐々に、そして着実に強まってゆく……。

ここが世界崩壊の中心なのだ。さもありなん。メリダたちとて、ぼうっとしていたら未来に帰る道がなくなってしまう。メリダとミュール、そしてシーザ秘書に幼き黒水晶は、できる限りの速さで駆ける。

聖殿は幸いにも、立ち入り（アクセス）しやすい位置にあった。

ただし、順調に辿（たど）り着けたのはその入口までだった。なんとなれば、扉の前には真っ黒な瘴気が立ち込めていたのである。これだ！　五千年後の夜界(やかい)に充満する、生物を邪悪なランカンスロープへと変える源――

部屋の外で、このありさまならば。

覗(のぞ)き込んだ聖殿の内部は、目を覆うような惨状だった。床のそこかしこにはティンダーリアの女性たちが転がっている。その傍らに誰かが屈(かが)みこんでいた。

介抱、しているのではなかった。

牙を立てている……人間を喰(く)らう、魔物。

メリダは口もとを覆った。ミュールはとっさに幼き黒水晶の目を塞いだ。

魔物の姿に、わずかな見覚えがあったのだ。その体に引っ掛かる白装束はバルニバビルのもの。この場所でクレイドル計画を行っていたはずの、十賢人(じゅっけんじん)の誰かだ。

ひとりだけではなかった。

七つの化け物の影が、ティンダーリアの乙女たちの亡骸(なきがら)に群がって血を啜(すす)っている。

何者かが床をはいずり回っていた。

人間の言葉で呻(うめ)いている。

「……エドガー……」

メリダは我知らず、二歩、三歩とあとずさった。

《彼》は立ち上がろうとして、血に濡れた床で滑る。

まだしも人間らしい姿を保っていた。

「どこにいる、エドガー……寒い……」

男性の血まみれの腕が、どこへともなく伸ばされた。

「なにも見えない……俺が……俺ではなくなっていく……」

化け物たちの正体は、もはや疑うべくもなかった。

聖殿の中央では真っ赤なクリスタルが月のように輝いて、狂乱を見下ろしていた。幼き黒水晶が、懸命にその輝きを指差す。

どうやら動力を足すためには、アレへ接触する必要があるらしいが……。

この部屋は瘴気が濃すぎる！　マナ能力者といえど耐えられるかは分からない。

ならば、である。

力業だ。メリダは腰を落とし、存在しない刀の鞘と柄を、握った。

「《幻刀一閃》」

風とともに薙ぐ。

「《風牙》‼」

手のひらから放たれた焔は、瘴気を吹き払った。弧を描く斬撃となって飛び、迷うことなくクリスタルへと直撃する。

不意打ちを喰らったロボットみたいに、光が明滅。

メリダはちょっぴり舌を出して、神さまとやらに謝罪をした。

だって動かし方が分からないもの……。

神さまは呆れながらも、意を酌んでくれたのだろうか。

クリスタルに、いっとき、蒼い輝きが戻った。床に光の筋が伝って、壁が鳴動する。

エンジンに火が入ったみたいに——

メリダとミュールは、思わず顔をほころばせて快哉を叫んだ。さあっ、これで神門にとんぼ返りして、エレベーターへと乗り込むのみ……！

ところが、《食事》を愉しんでいた者たちにはそれがお気に召さなかったようだ。

血がまずくなったと言わんばかりに、化け物たちがいっせいにこちらを振り返る。

オズワルドと思しき者が、言った。

「なにをした……‼」

その血走ったまなざしに、メリダは二歩、三歩とあとずさる。

なまじ、人間の面影を残していることがいっそう怖ろしい。

血を吸った靴で、べちゃ、と足を踏み出す。

前のめりになり、直後、爆発じみた勢いで床を蹴り出した。

鋭く尖った指先が、矢のごとく突き出されてきて——

がしっ、と手首を止められる。

前触れもなくあいだに割って入ったのは、なんとクーファだった。メリダは驚きと安堵で、子供じみた大声を出してしまう。

「先生っ！」

クーファは怪力でオズワルドの手首を握りつつ、涼しい表情だ。

「お迎えに上がりました、お嬢さまがた」

「ど、どうやって……っ？」

ミュールの問いかけも然り。軌道エレベーターはまだ動いていないはずなのである。

クーファはこともなげに答えた。

「ケーブルを伝って昇って参りました。やや手こずりましたが」

「なんとまあ……」

「思っていたよりも深刻な状況のようですね」

血飛沫の舞う聖殿を眺めて、柳眉をひそめる。

「これが世界の滅びとは——」

オズワルドはまだ、腕を引き抜こうともがいていた。

自由の身になって何をしようというのか。

何に突き動かされているのか、もう自分でも分かっていないのかもしれない……。

クーファは直截的に問う。

「何が望みですか？」

オズワルドは、血まみれの口で嗤った。

「助けてくれ」

反対側の手で殴りつけてくる。クーファはそれを楽々かいくぐり、相手を腰から持ち上げると、投げ飛ばした。

オズワルドは床を、滑るように転がる。

クーファは精神的な疲労によって、ため息とともに答える。

「それはできません。――時間旅行者のマナーとして」

オズワルドは懸命に立ち上がろうともがいていた。

「おのれ」

もはや、オズワルドと呼ばれていた何者か、だ。

「おのれ、人間……‼」

クーファは嘆かわしいとばかりにかぶりを振る。

「もはや身も心もランカンスロープですか」

ならば命を絶っておくべきだろうか、とクーファは腰の黒刀を触った。

否(いや)、とすぐにそれを戒める。

どんな存在にせよ、それを歴史から消すことがどれほどの影響を及ぼすか分からない。

クーファたち時間旅行者は、助けることも斃(たお)すことも、するべきではないのだ。

見るだけだ。

その目的は、すでに終わった。

ならば長居は無用！　クーファは身を翻し、レディたちを強く促す。

「さあ、参りましょう！」

一行は背を向けて、駆けた。

七人のランカンスロープは、瘴気(しょうき)の渦中(かちゅう)に取り残されていた……。

†　†　†

バルニバビルの塔は、こちらもまた暗澹(あんたん)たる状況だった。

軌道エレベーターで地上へと舞い戻ったクーファたちは、それを知る。

塔のエントランスには大勢の人間が顔を揃えていたが、その先頭に立つエドガーは、やりきれないといった面持ちである。

「生き残ったのはこれだけだ」

力尽きたように、瓦礫へと腰を下ろす。

「下町はひどいありさまだったよ。みんな、家族や友だちが化け物になっちまったって。奴らに喰い殺されたひともいる」

その傍らのノルマンディ氏は、小脇に機械の端末を抱えていた。

「世界じゅうのどこからも応答がない。……状況は似たようなものだろうな」

むしろ、バルニバビルにはエドガー氏らのようなマナ能力者が誕生しただけ、まだ人的被害は抑えられたほうだろう。

そのことは、ハロルド女史の苦渋に満ちた表情が物語っていた。

「いったいどれだけの人間が死んだっていうの……っ？」

バルニバビルとて被害を免れられたわけではなかった。

なにしろエドガー氏の傍らには、女性の体が横たえられている。その姿をひと目見た途端、幼き黒水晶が絶望的な悲鳴を上げた。

「ムーンディウエ！」

すがりつく。

体が冷たくなっているのが、顔色からも分かった……銀水晶の君と呼ばれていたティンダーリアの女性だ。以前、ひと目見ただけのメリダでさえ、全身から力が抜ける。

「亡くなってしまったんですか……？」

ハロルド女史は、あいまいにかぶりを振った。

「仮死状態、のようね。でも目を覚ましてくれるのかは分からないわ。彼女がバルニバビルを守ってくれなければ、アタシたちは誰も生き残ってなかったわ」

やるせなさそうに、唇を噛む。

「アタシたち三人がティンダーリアの民の味方であろうとしたように……ティンダーリアの民のなかにも、アタシたちを助けようとしてくれたひとが、いたのね」

ミュールは、静かに幼き黒水晶へと寄り添った。

銀水晶の女性の胸に、手のひらを置く。

誰も何も言えない――

エドガー氏が、耐えかねたかのように顔を覆った。

「僕たちのせいだ……‼」

うなだれたその姿に、クーファは迷った。

迷った末、口を出さずにはいられなかった。

「……そう思うのであれば、力を得たあなたがたが、生き残った人々を導くべきです」

エドガー氏は顔を上げる。

「そ、そうは言ったって、世界じゅうどこもこんな状況じゃあ……安心して眠れる場所だってありゃあしないよ……！」

クーファはさらに口ごもってから、それとなく告げる。

「避難場所に心当たりはないのですか？　外界から隔絶されていて――敵も容易に入っては来れない。それでいて生活のための設備はひと通り揃っている――」

エドガー氏の瞳に、希望が瞬いた。

「フ……フランドールか……！」

クーファは安心して頷き、一歩退いた。

自分たちがこの時代でやるべきことは、すべて終わった――

ミュールが賢人たちへ向けて顔を上げる。

「ノルマンディさまっ、お願いがございますの」

黒髪の彼は、目を白黒させながらミュールを見返す。

「な、な、なにかね？」

ミュールは傍らの、幼き黒水晶の肩に触れた。

「この子をコールドスリープで眠りにつかせてあげてくださいまし」

ノルマンディ氏はふたりの黒水晶を見比べて、訝しそうにしている。

「そ、それはまあ——本人が希望するのであれば」

にっこりと微笑みかけるミュールだ。

「ぜひお願いしますわ？」

「う、うむ？　ウム……」

最後まで釈然としないという面持ちだった、ノルマンディ氏である。

さて、時間旅行者たちはそろそろ立ち去らねばならない。

ミュールは最後まで銀水晶の君に触れていた手を、そっ、と離した。

メリダはいちど膝をついて、背中側から幼き黒水晶の額にキスをする。

一行はバルニバビルの民たちに背中を向けた——

エドガー氏が弾かれたように立ち上がる。

「ま、待ってくれ！　きみ！」

代表としてクーファが呼び止められたのである。肩越しに後ろを窺う。

エドガー氏は身振り手振りを交えて訴えていた。

「僕たちとともに来てくれ！　そ、その力で、皆を導いてほしい！」

「それはできない」

クーファは前触れもなく凍気を放った。

髪が白髪となって伸び、背中から尋常ではない圧力が放出される。

エドガー氏は二歩、三歩とあとずさるしかない様子だった。

ハロルド女史やノルマンディ氏も息を呑んでいる。

多くは語る必要がない。クーファは最後に告げるのだ。

「よく覚えておけ。これがお前たち人間の、最大の敵の姿だ」

アニマを収め、人間の姿に戻りながらクーファは前に歩む。

ご令嬢たちは何も言わずに左右へ寄り添ってくれた。

古代人たちの気配は、それきり追いかけてくることはなかった。

†　†　†

先頭の一両きりになってしまったロード・クロノス号。

クーファはようやっとこの手に取り戻したクロノスギアを、あるべき場所へと戻した。

接続されたケーブルに血が通ったかのごとく、生命感のある輝きが満ちる。

最後に確認だ。

「サラシャさま、タイヤは無事でしたか⁉」

彼女はドアへと顔を覗(のぞ)かせ、車内に戻ってくる。

「問題ありません。すごく頑丈……！」

クーファは頷いて、車内の後部へと呼びかける。

「エリーゼさま！　燃料の残りは……」

エリーゼは片方の手を高く上げて、ピースサインを見せた。

「ぶい」

「……よろしい！」

視線を運転席から、助手席の少女たちへ。

「忘れ物はございませんね？」

メリダとミュールは、双子みたいに笑い返してくる。

あとはハンドルを握るクーファが、ロード・クロノス号を発進させるだけ――

最後のひとりへと呼びかける。

「シーザさん！　なかに戻って戸締まりを……」

ばたん、と先んじてドアが閉じられる。

閉じたのはシーザ秘書だ。

まだ車の外に立っている……。

クーファは思わず窓を開けて、半身を乗り出した。

「シーザさん？」

シーザ秘書は一歩、後ろへ遠ざかった。

タイヤに巻き込まれないように、という、ありふれた自然な仕草だった。

「私はここに残るわ」

まるで、ずっと前から決めていたみたいに、言う。

「社長のお墓を作る」

そのために、彼に付き添ったのだとばかりに。

満足そうに語るのだ。

「それから、村を作る。バルニバビルの外で生き残ったひとのために。そのひとたちを集めて──私が守る。どれだけ続くか分からないけれど」

クーファはここに至り、クローバー社長の墓標と、その周辺に残されていた集落の形跡の意味を、ようやく知った。

そうした過去が連なり、現在のフランドールへと繫(つな)がって──そして。

シーザ秘書は、また一歩下がって、笑うのだ。

「社長の生きる未来のために」

「シーザさん……」

「さあ、行って。早く」

皮肉っぽく。そして魅力的に唇が上がる。

「また同じことを言わせるの?」

クーファは小刻みに頷いてから、半身を引いた。

窓を閉じる。

ハンドルを握って、いよいよエンジンを始動させた。

「……出発します!」

車内にのみ声を響かせて、タイヤが猛烈に回転する。

獣のようなエンジンの雄叫(おたけ)びとともに、発進。

道なき森のなかへと車を走らせる。

一度だけ、バックミラーを見ようかと思った。

けれど彼女に言われた言葉を思い出し、ミラーへと伸ばしかけた手を下ろす。

バルニバビルの地理はおおざっぱにしか頭に入っていないが、最初に辿(たど)り着いた森の野原を目指すのみだ。ワームホールの出入り口はまだそこに繋がっている。しばし車を走らせるだけ……だけれど、どうしようもなく、何か忘れ物をした気分が付きまとった。

メリダが傍らに寄り添ってきて、肌寒さを和らげてくれる。

彼女も冗談めかして言った。

「……忘れ物はありませんか？」

クーファ苦笑しつつ、言い返す。

「ええ、何も」

そのときだ、ミュールがいきなり立ち上がった。

「あったわ、忘れ物」

皆がなんだなんだと見つめている前で、彼女は車内を横断すると窓を開けた。

大きく身を乗り出す。

「おいでなさい！」

車の外から、にわかに歌うようなさえずりが聞こえてきた――

ミュールが慎重に体を引いて窓を閉めると、その手のひらには一羽の蒼い小鳥が包まれていた。なんとまあ、この古代でいちばん最初に歓迎してくれたちびすけではないか。

ロード・クロノス号を見つけて追いかけてきていたらしい。

ミュールはおかしくてたまらない、といったふうに親友たちへ笑いかける。

「ほんとにちゃっかりしてるんだから」

未来への旅路に加わった蒼い小鳥は、まるでミュールの手のなかが揺り籠(クレイドル)であるかのように居心地よさそうにしている。

メリダはその無防備な羽を突っついた。

「この子、なんて名前にする？」

ミュールは目線の高さに手のひらを上げて、蒼い小鳥と見つめ合う。

「――ネピリム」

桃色の唇がほころんだ。

「ネピリム。わたしの新しい妹よ？　良い名前でしょう」

ネピリムと呼ばれた小鳥は、「チチ」と首を傾(かし)げて応える。

そのやり取りを聞いて、クーファはつられて笑いながらハンドルを握り直した。

未来へと向けて、エンジンを吹かす。

HOMEROOM LATER

メリダは一冊の本を開いていた。

大きくて重くて、厚みがある。膝に乗せていても痺れてしまうため、メリダはそれを絨毯の上に置いていた。一ページ一ページが、まるでベニヤ板みたいに硬い。

手分けをしていても、目当ての記述を探し当てるのはひと苦労だ。

本のタイトルは、『フランドール建国記』——

禁書のなかの禁書で、権力者のさらにごく一部にしか閲覧が許されていない。いかな公爵家令嬢といえども、メリダはそれまでその本の存在すら知ることがなかった。

今はこうして、すべてのページを知ることが許されている。

否、その資格がある。

はっ、と気づき、ページの一角に人差し指を当てた。

「見つけたわ、エドガーさまたちの名前」

すると、同じく室内で調べ物をしていた姉妹たちが集まってきた。エリーゼに、サラシャ、ミュール。私服のドレス姿。輪になって膝をつき本を覗き込む。

メリダは感慨深く、文章(センテンス)を人差し指で辿った。

「エドガーさま、ハロルドさま、ノルマンディさまは……フランドール新王制樹立の、中心的メンバーとして活躍されていたみたい」

太陽＝月が崩壊したあと、やはりこの世界に残された安息の地は、絶海の孤島に立つ照明形状の都市・フランドールしかなかったのだそうだ。

エドガー氏らは世界崩壊を経てからくも生き延びた人々を束ね、移り住んだ。

マナの恩恵をもってして外敵を退け、人類の生存圏を確保した。

人々の先頭に立ち、新たな社会基盤を整えることに尽力して——

そのまま熱烈な支持に後押しをされ、最高権力者の地位に就いたのだという。

そうして三人の賢人は、歴史の流れのなかで三つの家系に分かれた。

エドガー氏を祖とするアンジェル家。

ハロルド女史が興(おこ)したシクザール家。

そして、ノルマンディ氏のもとに集ったラ・モール家に。

メリダはエリーゼと間近で顔を見合わせる。

「それじゃあエドガーさまが、わたしたちの曽々々々(ひいひいひいひい)……お祖父(じい)さまだったのね」

「なんだか不思議」

その傍らでは、サラシャも難しそうな表情で腕を組んでいる。

「ハロルドさまが……わたしのご先祖さま……」

ミュールがずい、と本を覗き込んだ。

やや、拍子抜け、といったふうに身を起こす。

「さすがに昔のわたしのことが書かれていたりはしないわね」

ティンダーリアの民のことは機密中の機密扱いだったろう。さもありなん。

けれど、あの子は……幼き黒水晶は、メリダたちがお願いしたとおりにコールドスリープ・ポッドのなかで眠り続け、この時代に目覚めた。

今、メリダの隣にいる。

約束したとおりに姉妹になった。

順番が逆なのだけれど——と、メリダはおかしな心地で、ミュールと手を重ねる。

「ノルマンディさまって、ちょっと気難しい方だったけど……」

みんなおかしそうに微笑(ほほえ)んで、頷(うなず)いていた。

「優しい方たちだったわね、みんな」

今はもう、遠い五千年の昔の出来事——………。

同じ室内には、ふたりの大人の姿もあった。

クーファとアルメディア＝ラ・モールである。テーブルで顔を突き合わせ、アルメディアは娘たちとは一転、眉間にしわを刻みながら言った。

「すべてを見てきたようじゃな」

こちらも私服のクーファは、当然のように頷く。

アルメディアは「然り」、と重々しく告げた。

「この世界から太陽を奪い、このような夜界に変えてしまったのは、ほかならぬ三大騎士公爵家の祖先なのじゃ」

その深刻な声音に、メリダたち四人娘もこちらへ顔を向ける。

テーブルの上には、《世界儀》の名で呼ばれる灰色の球体があった。

そのままでは、一見してなんの価値も見いだせない。

それは真ん中から《割る》ことで、初めて意味を成すのだ。

球体は内側が空洞になっており、その内面に沿って大地の模型が精巧に組み立てられている。山の隆盛、河川の流れ、遥かいにしえに存在した街の名前……。

その中心に針金で固定された、作り物の太陽。

アルメディアは、割れた世界儀の模型を、スライドさせて閉じた。

球体のなかは暗闇に閉ざされただろう……。

「五千年前の運命の日、バルニバビルで超伝導ハーモニクスに護(まも)られた研究者たちは、その副作用でマナの加護を得た。一方で、それ以外の世界全土は為(な)すすべなく夜界の勢力に蹂躙(じゅうりん)されたと伝わっておる——」

かぶりを振る。

「いにしえより、貴族階級に平民を守る義務が課せられているのは、それが我々への《罰》であるからよ。このことを公に認めれば、国の在り方を根っこから変えなければならぬ。世のなかは乱れよう。ランカンスロープどもがその隙を見逃すはずがない……」

大規模な侵攻が起きたとして、そのときに燈火騎兵団(ギルド・フェルニクス)が機能しているのかどうか、というところか。

だからこの歴史の真相はひた隠しにされ、アルメディアもクーファたちを止めようとしたのである。

彼らが過去へ渡り、祖先の罪を目にするのを——

だが知ってしまった。

あの日、ワームホールを遡って五千年後のティンダーリアの遺跡に帰り着いたとき、クーファたち一行を出迎えたのは、アルメディアが直々に率いる燈火騎兵団(ギルド・フェルニクス)だった。

ほかにその場に居た者たち——セルジュ＝シクザールも、クシャナも、フリージア、主を失ったレイボルト財団に、黒天機兵団の皆。彼らは抵抗することもなくアルメディアに従っていた。

　すでに目的は達成されたのだ。

　クーファたちがロード・クロノス号を降り立った瞬間、顔を合わせたアルメディアは物言わず、それを悟ったに違いない……。

　大所帯で仲良く燈火騎兵団に監視され、大船団にて帰路について――

　フランドールの安全圏まで辿り着いた直後、それはもうこっぴどく叱られた。

　世界崩壊よりも怖ろしいのではと思うほどの雷が落ちた。

　クーファはのらりくらりと離脱が許されたが、四人娘を正座させたアルメディアの烈火の勢いたるや、一晩じゅう衰えることがなかったという……。

　そして、なぜ、クーファがお説教を免れられたのかというと――

　実のところ、今の彼は囚われ人の立場にあるからだった。

　この、フランドールは聖王区の王宮に《収監》されているのである。

　表向きは。

　実際には、彼という存在を秘匿するために。

　チチチ、という呑気なさえずりが天井を横切った。

鮮やかな羽をした蒼い小鳥が、深刻な大人たちのあいだにそ知らぬ顔で割って入る。

アルメディアはたまらず悲鳴を上げた。

「ネピリム！」

テーブルから本を取り上げて、頭上へと逃がす。

「貴重な資料を踏むでないわ！　門外不出の禁書なのじゃぞ！」

小鳥は、そんなことを言われても困るとばかりに、きょとんとした様子だ。

また気ままに飛び立つ。

ミュールが人差し指を差し出すと、その指へと止まる。

五千年後の異郷に移り住んでも、まったくマイペースな小鳥なのだった——

アルメディアは、調子を乱されたとばかりに、憤慨して座り直す。

本題へと切り込んできた。

「おぬしたちは決して、過去の世界で見聞きしたことを口外してはならぬ」

小鳥のネピリムが、ピィ、と鳴いて返事をする。

アルメディアは頑として人差し指を突きつけた。

「もちろんおぬしもじゃ！」

クーファは肩をすくめる。

「おやおや、知らないうちに国家最大級の重要人物になってしまいましたねえ」

「白々しい男よ……っ！」

アルメディアはこれみよがしに歯噛(はが)みをする。

フランドールに帰り着くや、クーファがいのいちばんに《収監》された理由——

フランドールに対して爆弾級の切り札を手に入れたからだ。古代の情報がある限り、もはやなんぴともクーファや四人娘へ迂闊(うかつ)に手出しをすることはできない。燈火騎兵団のスコッチ＝シュナイゼン団長であろうとも、白夜騎兵団(ギルド・ジャッククレイブン)の暗殺者であろうとも——だ。

それが分かっていたからこそ、王宮で報(しら)せを受けたフェルグス＝アンジェル巡王爵は、頭痛を抑えるようにしながら命じたのだという。

連れてこい——と。

これでクーファの目論見(もくろみ)どおり、メリダたちの安全は確保された。

フランドールの権力者たちの対応はあきらかに変わった。

封殺するのではなく——

いっそ活(い)かす、という方向に。

それが今、クーファとアルメディアが面と向かい合っている最大の理由である。

アルメディアには何か聞き出したいことがあるようだ。額を突きつけてくる。

「腹黒教師よ、よく思い出すがよい。古代の世界の賢人たちについて」

「はい？」

アルメディアは、言い間違いがないようにと、ひと言ひと言確かめるようにして問う。

「バルニバビルを治めておった賢人は十人だそうじゃな。これに間違いはないか？」

そこにこだわる理由が分からないが……クーファは念のため、指を折って思い返す。

「エドガー、ハロルド、ノルマンディ……オズワルド、アブドール。イングゥア、ルヒラム、フェルドゥナ、ゼン、ホアンコーラス……世界の命運を担う十賢人。──間違いないはずです」

アルメディアは「そうか」と頷いて、いったん身を引いた。

その事実を噛み締めるかのようにまぶたを閉じる。

彼女はなにを確かめたいのだろう？　クーファはあてどなくメリダたちへと顔を向けるが、もちろん彼女らとて、見当がついていない様子だ。

しばしの間を空けて、アルメディアはルージュを引いた唇を震わせた。

「チャンスじゃな」

「チャンス？」

クーファはまだ理解が及ばない。アルメディアは何度となく頷いてきた。

「気づかぬか？　五千年の昔、ティンダーリアの加護によって太陽の力を得た三人の賢人は、三大騎士公爵家として人間界の頂点に君臨するに至った。そして、それは残りの七人の賢人に対しても同じ末路が想像できるのじゃ」

「と、言うと……」

クーファは、アミラスフィア天環儀(てんかんぎ)で最後に見た彼らの姿を思い出す。

濃密な瘴気(しょうき)に髄まで毒されて、彼らはその後、どのような歴史を辿ったのだろう……。

アルメディアの推測は続く。

「もっとも強く太陽の加護を得た三人の賢人と同様、太陽の崩壊の影響をもっとも間近で受けた七人もまた、夜界にて最大の力を得たのじゃ。彼らは力ある七つの勢力に分かれ、その冠は主を変えながら、今も脈々と受け継がれておる」

厳かな声音で。

「夜界枢機卿(テスタメント)、の名でのう」

クーファは息を詰める。それは夜界にたびたび現れる、マナ能力者をはるかに超えた強力なランカンスロープの称号だ。

クーファにも浅からぬ縁がある。

アルメディアは強い口調で畳みかけた。

「奴(やつ)らの人数が判明したことこそが、チャンスなのじゃ。——よいか」

　指を折って数える。

「シクザール家が命を賭(と)して討ったバンダーデッケン。おぬしと一代侯爵(キャリア・マーキス)が仕留めたアラクネ・ナクア。フランドールを手中にしかけたワーウルフ族のマッド・ゴールド。そして忘れもしない、フランケンシュタインの死の女王たるレイシー＝ラ・モール」

　誰も彼も、ここにいる面々に因縁のある相手だった。

　アルメディアもそれを強調する。

「この者らは全員が夜界枢機卿(テスタメント)の称号を冠し、夜界で一大勢力を築いておった。そして四人とも、すでに我々が討った。夜界枢機卿(テスタメント)の総数が《七人》であるのなら、残されているのは砂漠王のバンディット族に、インプ族、そして——ヴァンパイア族のみ」

　ことここに至り、クーファはようやっと気がついた。

　今現在、夜界に潜む強敵はたった三人のみ。

　人間側のアンジェル家、シクザール家、ラ・モール家と、数の上では同等だ！

　アルメディアは首肯してその考えを裏付ける。

「いかにも。今まさに、歴史上類を見ないほどに、夜界と人間界(フランドール)の力関係が拮抗(きっこう)しつつあるのじゃ。しかしこの機を逃せば、また時を経て運命づけられた者が夜界枢機卿(テスタメント)の冠を手にし、夜界には七つの強大な勢力が君臨することになるじゃろう」

であればこそ、と彼女は言った。

「今しかない」

フランドールにおいて最高戦力のひとりである女公爵は、重みのある声で告げた。

「今こそ、フランドールの全軍をもって夜界に攻め入るとき。歴史において、過去にも未来にも二度とないであろう、千載一遇の勝機が、今なのじゃ」

クーファは柄にもなく、背筋が震えた。

すでに脳裏には、夜界で高々と旗を掲げる騎兵団の軍勢が見える。

はたしてその戦いの行く末がどうなるのか――

未来は、誰にも分からない。

あとがき

みなさまこんにちは、作者の天城ケイです。

今巻もお付き合いいただき誠にありがとうございます――


さっそく内容の話になるんですが、オリジナルの言語って好きなんですよね。

漫画や小説、映画やゲーム作品などにもたびたび活用される、その物語世界の独特の言語……そういったオリジナル言語って、作品の設定資料集を開けば細かに意味を知れたりするんですけれど、そうでなければ、既存の辞書を引いても理解はできません。

この《理解のできない言語》というものに、なぜだか心を惹かれたりして……。

海外の言葉を耳にしたときに感じるのが《異国の感覚》だとすれば、オリジナルの言語を耳にしたときに感じるのは、《異世界の感覚》とでも申しましょうか。

意味は分からない。けれど《語り手の感情だけで聞く声》というのも、不思議と心地がよいものです。「なんとなくこんなことを言ってるんだろうなあ」と想像したりして、でもあとで詳しく調べてみると全然違って「え～⁉」と思ったり。
あとは、まあ、なんだ。異境で言葉が通じずに困ってる女の子って可愛いよねっていう
……へへへ、台無しですね。
なのでいつか機会があれば挑戦してみようと思っていて、今巻で念願が叶ったわけなんですけど——まさか自分でやるとこれほど大変だなんて思ワナカッタヨ。

ちなみに今巻に出てくるネピリム語ですが、実は漫画版の方でも少しだけ登場していたりします。ちょうどよい機会をいただけたので私から台詞の翻訳を提供して……。
コミカライズも《運命法廷》編へと突入し、私とコミカライズ担当さんとでこれまで以上に連携して進めてもらっていますので、みなさまにもぜひ、興味を持っていただけると嬉しいです。さりげない宣伝、ヨシ！

もうひとつ内容についてお話しすると、この十三巻でいよいよ、物語世界の根幹の設定について明かすことができました。
いつから考えていたのかというと、そりゃシリーズの最初からなんですが——自分でもビックリなのは、実際にこのエピソードを語るところまで続けられたということです。

何度となく噛(か)みしめていることですが、応援し続けてくださっている読者のみなさまのおかげでございます。本当に心よりの感謝をお伝えしたいです。

願わくは、物語のエンディングまでお楽しみいただけますように——


最後に恒例の謝辞タイムです。

イラストレーターのニノモトニノ先生、ファンタジア文庫編集部さま、コミカライズ担当の加藤(かとう)よし江(え)先生に、ウルトラジャンプ編集部さま。出版・流通・販売まで、本作に携わってくださったすべての方々にお礼を申し上げます。

そして忘れちゃいけない、今この本を開いている《貴方(あなた)さま》にもご挨拶を。

『ルン・フール・エディス・バル・エギム！』

意味は、「またお会いしましょう」です。

天城ケイ

お便りはこちらまで

〒一〇二-八一七七
ファンタジア文庫編集部気付
天城ケイ（様）宛
ニノモトニノ（様）宛

アサシンズプライド13

あんさつきょうし　かいてんどうち
暗殺教師と廻天導地

令和3年3月20日　初版発行

あまぎ
著者——天城ケイ

発行者——青柳昌行

発　行——株式会社KADOKAWA
〒102-8177
東京都千代田区富士見2-13-3
0570-002-301（ナビダイヤル）

印刷所——株式会社暁印刷

製本所——株式会社ビルディング・ブックセンター

※定価はカバーに表示してあります。
●お問い合わせ
https://www.kadokawa.co.jp/（「お問い合わせ」へお進みください）
※内容によっては、お答えできない場合があります。
※サポートは日本国内のみとさせていただきます。
※Japanese text only

ISBN978-4-04-073748-5 C0193　◇◇◇

細音啓が紡ぐ新たなるヒロイックファンタジー
細音啓
イラスト
猫鍋蒼
キミと僕の最後の戦場、あるいは世界が始まる聖戦
the War ends the world / raises the world
アリスリーゼ
帝国と対立しているネビュリス皇庁の第２王女で強力な氷の星霊を使う「氷禍の魔女」
至高の魔
敵対する

世界最強の

“不可能任務”に挑む少女たちの
痛快スパイファンタジー！

スパイ教室

竹町
illustration
トマリ

公女殿下の家庭教師

Tutor of the His Imperial Highness princess

あなたの世界を魔法の授業を

STORY 「浮遊魔法をあんな簡単に使う人を初めて見ました」「簡単ですから。みんなやろうとしないだけです」 社会の基準では測れない規格外の魔法技術を持ちながらも謙虚に生きる青年アレンが、恩師の頼みで家庭教師として指導することになったのは『魔法が使えない』公女殿下ティナ。誰もが諦めた少女の可能性を見捨てないアレンが教えるのは――「僕はこう考えます。魔法は人が魔力を操っているのではなく、精霊が力を貸してくれているだけのものだと」常識を破壊する魔法授業。導きの果て、ティナに封じられた謎をアレンが解き明かすとき、世界を革命し得る教師と生徒の伝説が始まる!

シリーズ好評

その男、
アード
元・最強の《魔王》さま。その強さ故に孤独となってしまった。只の村人に転生し、友だちを求めることになるのだが……？
ジニー
いじめられっ子のサキュバス。救世主のように助けてくれたアードのことを慕い、彼のハーレムを作ると宣言して!?
イリーナ
正義感あふれるエルフの少女(ちょっと負けず嫌い)。友達一号のアードを、いつも子犬のように追いかけている
神話に名を刻む史上最強の大魔王、ヴァルヴァトス。
王としての人生をやり尽くした彼は、平凡な人生に憧れ、
数千年後、村人・アードへと転生するのだが……
魔法の力が劣化した現代では、手加減しても、アードは規格外極まる存在で!?　噂は広まり、嫁にしてほしいと言い寄ってくる女、次代の王へと担ぎ上げようとする王族、果ては命を狙う元配下が学園に押し掛けてくるのだが、
そんな連中を一蹴し、大魔王は己の道を邁進する……！

ファンタジア文庫
すべてを蹂躙する。
じゅうりん
史上最強の大魔王、村人Aに転生する
The Greatest Maou Is Reborned To Get Friends
下等妙人
イラスト／水野早桜
シリーズ好評発売中!